水沢文具店　あなただけの物語つづります

安澄加奈

ポプラ文庫ピュアフル

水沢文具店

あなただけの物語つづります

十二色のチョーク——栞

ひと晩降り続いていた雨は、朝になると、こちらの気持ちとは裏腹にすっかりやんだ。そういう朝に、こんぺいとう商店街の煉瓦《れんが》敷きの道をひたすら下を向いて歩いていると、いつも決まった場所に水たまりを見つける。ある店の軒下《のきした》だけ不恰好に煉瓦が組まれていて、そこに必ず雨雲にとり残されたような水たまりができるのだ。水たまりは、空を映している。それを目にすると、栞《しおり》はようやく自分の頭上に空が広がっていることを思い出し、顔をあげる。この東京の下町をくるむ青さは、うらやましいほどきれいに透き通っていて、目の奥がじんとする。そっと息を吐き、また吸い込む。さあ、今日も一日がはじまる。

栞の戦場――もとい、職場はけっこうな都心にある。地下鉄の長い階段を、心と同じくらい重い足を引きずるようにして上り、よく整備された大通りに沿って歩いていくと、ビルやコンクリートに囲まれた灰色の街並みとは不釣り合いに、ランドセルを背負った子供たちの姿が多くなる。その子供たちが吸い込まれていく校門を一緒にぬけると、胃のあたりの痛みがさらに増す。先生おはよう、と無邪気な笑顔をむけてくれる子供たちに、どうにかほほえんで返す。本当は今すぐうちへ引き返したいほど不安でいっぱいだけれど、それを絶対にこの子たちに悟られてはならない。

　職員室に行き、朝の会議を終えると、栞は教室にむかった。栞が受けもっているのは二年生のクラスで、みんなくりくりした目をしていて、笑い声が高くて、少しませているけれど、笑顔が何よりまぶしい。一年生のときから担任を任されているので、彼らの成長を実感できることもうれしい。けれど、そんなきれいな、きらきらした感情だけでは、この仕事はやっていられない。

　一時間目は、国語の授業だった。栞は明るい笑顔と声をつくり、子供たちに席につくよう呼びかけた。大半は素直に座ってくれるけれど――ああ、やっぱり。いつまでも落ち着かない子が、今日も数人いる。栞に構ってほしくてふざけてしまう子や、他に興味がむいてしまっている子、友達につられて騒いでしまう子。こっちをしかって鎮《しず》めれば、あっちでケンカが起きる。あっちのケンカをおさめるうちに、今度はそっちの子たちが騒ぎ出す。まるでもぐらたたきのゲームみたいに、問題は次から次へと栞の前に顔を出す。

　教室中が落ち着かない。そわそわと浮き足だっている。事態はすでに収拾がつかなくなっていた。そのうちに、周囲にからかわれた子が大きな声で泣き出した。泣きたいのはこっちだ、と思いつつ、栞はその子をなだめにむかった。ああ、また授業が進まない。今日こそは教科書をあのページまで、進めなければならなかったのに……。

栞は今日も疲れ果てて職場から帰ってきた。商店街を通りぬけた先の、公園の裏手にあるアパート。そこにむかって歩く栞は、まるで途方にくれたような心境だった。どうしていつもうまくいかないのか。何をすれば状況が好転するのか。もう考えても考えても、わからなかった。

商店街の入り口にある古びたアーチの下をぬけると、紺に染まりかけた空のなかに、ぼんやりと青く光るスカイツリーが見えた。まるで夜空にむかってのびるつららみたいだ。十八時をまわったころなので、夕方の混雑は過ぎたようだが、まだ通りにはにぎわいが残っている。何を食べるか相談しながら、子連れの夫婦が洋食屋へ入っていく。米屋でおにぎりを買っているのは、きっと部活帰りの中高生だ。仕事後に落ち合ったらしいカップルが、カフェの前でメニューの看板を眺めていた。そうした穏やかであたたかな世界は、今の栞からは、あまりにも遠かった。

そんな栞の足先で、そのとき、ぴしゃん、と水がはねた。暗い足元に目をこらすと、パンプスのつま先がぬれていた。

（ああ、そうだ、ここ、よく水たまりができるんだ）

栞は、今朝もこの水たまりに気づいていた。水たまりに映る空を見て、本物の空を仰《あお》いで、今日もどうにか頑張ろうと――

気づくと涙がにじんでいたので、栞はあわてて顔をあげ、それを追いやった。もう少し、もう少しだけ我慢。泣くのなら、うちに帰ってからだ。そう自分に言い聞かせていたとき、ふとある張り紙が、栞の目にとまった。

〝ペンとノートをお買い上げの方、ご要望があれば話を書きます。オーダーメイドストーリー〟

オーダーメイドストーリー？

その変わった宣伝文句に、栞は思わず首を傾《かし》げた。

ここに水沢《みずさわ》文具店という、文房具屋があることは知っていた。店の前に水たまりがよくできるのを見るにつけ、損な立地だな、と思っていたのだ。文房具は職業柄よく購入するが、栞は主に通勤途中にある大手の雑貨店を利用しているので、この店に入ったことはない。しかし――

（今まで、こんな張り紙なんてあったかな）

その店は古びた二階建ての建物で、外壁がくすんだクリーム色をしており、二階の窓の下には、腰の据わった太い文字で〝水沢文具店〟と書かれた看板が掲げられている。一階部分は、通りに面して、雨風にさらされて色あせた木枠の硝子戸《ガラスど》が並んでいて、そこにさっきの張り紙が貼られていた。硝子戸ごしに店内がうかがえるものの、どんな商品が並べられているのかは、ここからではよくわからない。

のぞき込んでいるのも変だと思えて、栞は古い硝子戸に手をかけた。カラカラと控えめな音をたてて戸が開く。なかはこぢんまりとしていて、中央に木でできた棚がいくつか並んでおり、壁際にも店内をぐるりと囲むように棚があった。

まず目に入った壁際の棚には、色とりどりの表紙のノートが整然と並べられていた。ポケットに入るくらいの小さなものや、本のように厚いもの。見慣れない色使いや、表紙の綴《つづ》りが読めないものは、海外からの輸入品らしい。どこか懐かしさを感じるベーシックなデザインもあれば、花や幾何学《きかがく》模様をモチーフにしためずらしい柄や、写真、絵が描かれているものもある。こんなにノートの種類が豊富な文具店を、栞ははじめて見た。

さらに中央の棚には、生活のなかでなじみのある文房具類が並んでいた。鉛筆、消しゴム、スタンプ、定規《じょうぎ》、画用紙やたくさんの種類のペン。見たところ上の棚には万年筆やインク、革製のペンケースなど、大人がこだわって選ぶような少し値の張る品があり、下の棚には、子供でもおこづかいで買えそうな学校で使う筆記用具類が置かれている。値段は様々だったし、海外からの輸入品が多いのか、めずらしいデザインの文房具が目を引くけれど、どの品も共通してよく考えて選ばれ、ここに並んでいるのだろうと感じられた。もしもモノにも表情というものがあるなら、どれも買い主に長く尽くしてくれそうな、誠実な顔をしている気がする。

　そのなかで、栞はふとあるスタンプに目を引かれた。花、星、王冠の上に、それぞれ「Ｆｉｇｈｔ」「Ｇｏｏｄ」「Ｇｒｅａｔ」の文字がある外国製のスタンプセットだ。他にも、仕事で頻繁に使う赤ペンは細いものから太いものまで各種そろっているし、動物のシルエットをかたどったメモ帳は、ちょっとした一言を宿題に添えて子供たちに渡せば、きっと喜ぶ。

　自宅の近くにこんな文房具屋さんがあったなんてと、栞は感嘆した。外装の年季の入り様に気がひけて、今までなかをのぞいてみようと思わなかったことを悔《く》やんだ。

　けれど奇妙だったのは、夕方過ぎの遅い時間だというのに、店内に子供が多くいたことだ。店の隅には小上がりがあり、そこには学年もまちまちに見える、小学生らしい男の子たちが数人いた。畳の上のちゃぶ台の周りでゲームをしている子もいれば、ノートを広げて勉強をしている子もいる。

　お店の人はいないのだろうかと視線をめぐらせると、小上がりの横にさりげなくレジが置かれたカウンターがあり、そこに店主らしき人物が座っていた。黒縁の眼鏡《めがね》をかけた細身の男性で、のびっぱなしという体《てい》の少し長めの黒髪は、ややクセがあるのか毛先がところどころはねている。とくに前髪が目にかかるくらいに長いので、人相がはっきりしなかったが、相手が顔をあげたために目があった。店の年季に反して、店主は意外にもまだ若い。二十代の半ば、自分と同じくらいの世代に見えた。

店主の青年は、栞に気づいてもにこりともしなかった。その目が翳《かげ》を含んでいるように思えて、栞は萎縮した。けれど、彼にむかって話しかけている男の子がおり、その子の声は、びっくりするくらい明るかった。栞のクラスの子供たちと同年の——小学校一、二年生くらいの男の子だった。

「ねえ、たつ兄《にい》！　おれがカッコイイ宇宙飛行士になる話、書いて！」

飛び跳ねて言う男の子を、店主は眉根を寄せてなだめた。それから指先で商品の並ぶ棚を示した。

「わかった。書いてやるから。棚からペンとノートを選んでこい。商品の代金はちゃんと払えよ」

「わかってるよー！」

男の子は元気よく言うと、棚から気に入ったらしいペンとノートを選んで戻ってきた。

そのとき、店の戸が開いて声がした。

「文斗《ふみと》、帰るわよー」

「お母さんだ！　じゃあたつ兄、よろしくね」

レジで代金を支払ったものの、しかし買った品物は受け取らずに、男の子は母親と一緒に店を出ていってしまった。そのあとも仕事帰りらしい親たちが迎えに来て、子供たちは次々とうちへ帰っていく。

やがて店主は、男の子が買ったペンとノートをつくづくと眺めながら、口をひらいた。

「なにかお探しですか？」

こちらに目を向けずにしゃべるので、栞は、自分が声をかけられたとわかるまでに数秒かかった。店主のそのとっつきにくさに気後れしたものの、気になったことをたずねた。

「あの、おもてに出ていた張り紙……オーダーメイドって、一体」

「あれは、おれが書く小説のことです」

店主は淡々と答えた。

「この店のペンとノートを買ってくれたお客さんで、希望する人がいれば、その商品を使っておれが小説を書くんです」

「なんの小説を書くんですか？」

「お客さんの希望に即したものです。その人のリクエストを聞いて、話を考えます」

変わったことをしている店だな、と栞は思った。

「お代は？」

「ペンとノート代」

「それだけですか？」

「ほとんど、おれの趣味でやっていることなので」

店主はさっき男の子が選んでいったノートを見つめたままそう返した。栞にむけて、顔をあげようとしない。商売人にしては驚くほど愛想《あいそ》がないが、つっけんどんな言葉のわりに、声の出し方にはとげがなかった。

その日、栞はスタンプセットと赤ペン、動物のシルエットのメモ帳をいくつか買って帰った。明日からさっそく学校で使おう。そう思って子供たちの喜ぶ顔を想像しようとした。けれど、それより先にここ最近の授業の光景が思い出され、栞は胸の奥がぎゅっと縮んだ。手をかける岸辺もないところでもがいているような、息苦しさを感じた。

担任をしているクラスの子たちが、一年生のときはまだよかった。いいことと悪いことの区別がついていない子や、危ないことを無邪気にしようとする子はいたとしても、その頃の子供たちは、大人である栞の言うことを素直に受け入れてくれた。けれど、二年生になると、子供たちはだんだん知識が増えて、口答えをするようになった。周りの気を引こうと、騒ぐ子も出てくる。

子供たちを教育するうえで、そんな時期が難関となることは、栞もわかってはいた。冷静に誠実に、厳しく優しく。栞は子供たちにとってそんな先生であり続けようと努力した。けれど、胸の内では不安が抑えられず、それはどんどん大きくなっていった。子供というのは不思議なもので、こちらのそうした不安や自信のなさを、敏感に感じとる。栞の気持ちのざわめきを、まるで鏡に映したように、子供たちは日増しに落ち着きをなくしていった。

「若すぎるのよ」

授業参観のあとの保護者会のとき、栞のクラスの母親たちが、教室でひそひそと話していた。

「それにあの先生、まだ教員採用試験に通ってないんでしょう？」

「社会に出て、たかだか二年の先生に何を言われても……説得力がなくて、どうしても疑っちゃうのよ」

「授業中も、子供たちをうまく落ち着かせられなくて、授業がなかなか進まないとか」

「ああ、やっぱりベテランの先生に担任になってほしかった」

ため息をついて、母親たちは言いあっていた。栞はそれを、廊下で身を硬くして聞いていた。


はじめて訪れて以来、栞はちょくちょく水沢文具店に足を運ぶようになった。買うものがとくにないときでも、新しく入荷した商品を見に、仕事帰りなどに立ち寄った。

店主は、名前を水沢龍臣《たつおみ》というらしい。この店によくいる子供たちは、たつ兄と呼んでいた。子供たちがなぜ居座っているのか、栞ははじめ、不思議でならなかったが、ここに集まっているのは、ほとんどがこの近所に住み、親が遅くまで働いているという家の子たちだった。ひとりで留守番をしているよりも、友達と一緒にいた方が楽しいので、彼らは徐々にこの店の小上がりに集まって遊ぶようになったという。学校で必要な文房具を買いに来ると、たいがいここで友達に会うので、ちょうどよかったのだそうだ。

「たつ兄はあんまりしゃべらないし、暗くてつまんないけど、おれたちがここで遊んでいても、うるさいこと言わないからさ」

よく店で会う四年生くらいの男の子たちが、すました顔でそう栞に教えてくれた。

「それにここにいれば、親が仕事の帰りに迎えに来てくれるし」

「ここで遊ばせてもらうお礼に、おれたちも、学校で使う鉛筆とかノートとか、必ずこの店で買うようにしてるんだ」

「なるほど、ギブアンドテイクだね」

栞が納得して頷《うなず》いてみせると、子供たちはうれしそうに、「そう、ギブアンドテイク！」と声をあげて笑った。この年頃の子供たちは、新しく覚えた言葉を率先して使いたがるので、見ているとおかしい。

栞も常連となり、子供たちとよく話をするようになった。けれど、店主が栞に話しかけてくることはなかった。いつも店の奥にあるカウンターの椅子に座り、横にたくさんの本を堆《うずたか》く積み上げ、そこに埋もれるようにして広げたノートに字を書いていた。

だから栞は、ある日赤ペンを買おうとレジに持っていったとき、店主に話しかけられてびっくりしてしまった。店主はレジ横に置いてあった長方形の箱を手に取って、栞の前に差し出した。

「今日、ちょっとめずらしいものが入荷しました」

龍臣はそう言うと、栞に見せるように箱のふたを開けた。指が長く、きれいな形の手をしていた。一瞬龍臣の手に目を奪われた栞だが、箱のなかのものを見て、思わず声をあげた。

「これ、チョークですか？」

「ええ。色鉛筆みたいに、色の種類が十二色もあるんです。それほど値の張るものではないんですが、黒板に書いてもきちんと見やすい色のセットというのはめずらしいんです。ソフトコーティング加工がしてあるので、手につきにくいし、授業でも使いやすいと思いますよ」

「え、なんで」

栞が目を見開くと、驚かれたことを訝《いぶか》るように、龍臣はかすかに眉根を寄せた。

「小学校の先生なら、こういうものも使うでしょう」

「どうして、私の職業を知っているんですか？」

この店でそのことについて話した覚えはなかった。栞が思わず声を大きくしたとき、小上がりから男の子が駆け寄ってきた。この前龍臣に話を書いてとせがんでいた子だった。たしか文斗という名の子だ。彼は二人の間につっこむようにして言った。

「ねえ、たつ兄、おれの話もう書けた？」

「ああ、書けたよ」

店主は座っていたカウンターから身をのり出し、文斗に、この前彼が買ったノートとペンを差し出した。とたんに文斗はそれをつかみ、いそいで小上がりに走っていって、隅のほうでノートを開いて読みはじめた。ほかの子供たちも気になったらしく、彼の周りに集まって、一緒にノートをのぞき込んでいる。

「あなたは、子供たちと接することに慣れているようだったので」

龍臣が、カウンターの上の、塔のように高く積み上げられた本を整理しながら、口をひらいた。

「それに、この前ここでたくさんの赤ペンや、子供が喜びそうなスタンプを買っていました。だから小学校の先生じゃないかと思ったんです」

なるほど、と栞は思った。さっきはいきなり自分のことを言い当てられて、少しびっくりしてしまったが、理由がわかって警戒心がとけた。

「本、たくさんありますね。それ、なんの本ですか？」

栞は、龍臣が抱えている本を見つめた。

「SFものの小説や、宇宙関連の本です。話を書くには、資料が必要なので。図書館から借りてきたんです」

「そういえば、あの子、宇宙飛行士になりたいって言ってましたね」

栞は、ノートを真剣に読んでいる文斗に目をむけた。あのノートには、何が書かれているのだろう。あの子は一体、どんな大人になるのだろう。子供というのは、いつでも未来が真っ白だ。誰かの予想通りの人生を歩むということは、けしてない。そんな子供たちが笑っているのを見ると、栞は胸の奥にぽっと光が灯ったような気持ちになる。たくさん笑って、たくさん学んで、誰も思いつきもしないような、明るい未来を歩むといい。

「宇宙飛行士になれる話なんて、大きな夢で素敵ですね」

栞は心からの感想を述べた。しかし、店主は淡々と返した。

「でも、文斗は甘えたがりの根性なしなんで、難しいことは避けて通るクセがあります。だから、あえてたくさんの壁にぶつかって、何度も挫折《ざせつ》して、そうしてようやく宇宙飛行士になれるって感じの話を書きました」

栞は、ややためらったものの、店主にむかって意見した。

「それって、子供にはちょっと現実的すぎませんか?」

「おれたちが生きているのは現実ですから」

龍臣は、にべもなくそう言った。

どんな場面を読んでいるのか、文斗の周りに集まった子供たちが、「すげえ」と声をもらした。そのとき栞は、自分でも思いがけないほど唐突《とうとつ》に、〝うらやましい〟と強く思った。ああして無邪気に笑っている子供たちが、自分からはとても遠いもののように思えた。思いはあふれ、自制する前に、ぽろりと口から滑り出た。

「……どうしてですかね。小さい頃は、あんなふうに簡単に夢が見つかったのに。最近は、自分が何をしたいのか、どうしたいのか、わからないことが多くなりました。年をとるにつれて、周りの声がだんだん大きく聞こえるようになって、〝無理だ〟〝むいていない〟と言われると、一度は自分が見つけたと思ったものでも、疑ってしまう……時々、すごくむなしい気持ちになります」

これじゃあただの愚痴じゃないかと思いながらも、栞はつらつらと自分の思いを語っていた。

「それでも、私もはじめて小学校の教壇に立ったときは、〝夢が叶った〟って、思ったんです。これが私のやりたいことだと確信ももてました。でも今は、仕事がうまくいっていなくて、毎日がただきついだけ……もうそんな気持ちも、どこか遠くに行っちゃった」

こんな取り留めのない話をしては迷惑がられるのではと、栞は言ってしまってから心配になった。けれど龍臣はカウンターの椅子に座って、ただ黙って栞の話を聞いていた。人の話を聞くことに真摯な様子だった。背筋をのばし、黒縁の眼鏡のむこうの目は、硝子戸ごしに商店街の通りを静かに見つめている。視線こそ向けられていないが、こちらの言葉に、耳を澄ましているのがわかった。

そのとき、カラカラと音をたてて、店の戸が開いた。

「ごめんください」

おばあさんが、ためらいがちに店に入ってきた。七十代の後半くらいだろうか。淡い紫のスカートにベージュのコートを着ていて、少しやせぎみの細い体つきをしているが、整った身なりの上品そうな人だった。おばあさんはやや戸惑った様子で、紙袋から数冊のノートを取り出して言った。

「すみません、これと同じノートがほしいのですが……」

紺と青と緑のダイヤ形を組み合わせた幾何学《きかがく》模様の表紙のノートだった。数冊とも同じ柄だが、使い込まれたように端がすり切れたものから、比較的新しそうなものまである。

龍臣は、カウンターから身をのり出すようにして、右側の棚を示した。

「それでしたら、そこの棚の……そう、それです。ハンガリーからの輸入品で、同じデザインの色ちがいもいくつかありますが」

「いいえ、まったく同じものを」

おばあさんは、自分が持ってきたものと同じ柄のノートを手に取って、龍臣にほほえみかけた。

「主人には聞いていたけれど……ここの店主さん、前の方とはかわられたんですね。実は私、よくここへ来ていた村沢修二《むらさわしゅうじ》の家内なんです。主人のこと、憶えていらっしゃいますか？」

龍臣はすぐに思い当たった様子だった。眼鏡のむこうでまばたきをして、言った。

「村沢さん——はい、よくうちで、そのノートを買ってくださっていました。でも最近はお姿を見ていませんが」

「主人は、亡くなったんです。以前からがんを患《わずら》っていて……先日、とうとうお迎えが来まして」

おばあさんは目を細め、ゆっくりと語った。年が年なので、覚悟はできていたのだと、思いのほか穏やかにそっとつけ足した。

「先日、主人のお葬式もすんで、身の回りのものの整理もようやくついたんです。全部が落ち着いて、いざひとりきりになったら、なんだか毎日がぼんやりしちゃって……そんなとき、主人がずっとつけていたこの日記が目にとまったんです。主人が亡くなって、この日記は途切れてしまったわけですが、それなら今度は私が、このノートの続きに自分の日々を綴っていこうかなと、そんなことを思いまして」

龍臣は、言葉は口にしなかった。ただ神妙に頷いて、おばあさんがレジに持ってきたノートを受け取り会計をはじめた。おばあさんは財布から代金を出しながら、口をひらいた。

「おもてに、なんだか変わった張り紙がありましたね。自分の読みたい話をお願いしたら、ノートに書いてくださるの？」

「はい。ペンとノートを買っていただければ」

「このお店、そういうこともしていたのね。知らなかったわ」

「いえ……最近はじめたんです」

龍臣はノートを丁寧《ていねい》に紙袋に入れながら答えた。そうなの、とおばあさんはつぶやき、ふと思い立ったように商品の置かれた棚へむかった。並べられたものをしばらく眺めたすえに、光沢のある深紅の万年筆と、買ったものと同じノートをもう一冊手に取り、龍臣のもとへ持ってきた。

「すみませんが、これもお会計に加えてくださる？　それで、せっかくだから私もひとつ、お話を書いてほしいのですけど、いいかしら」

龍臣は視線をあげ、おばあさんを見つめた。

「どういった内容をご希望ですか？」

「何か、主人のことを思い出せるお話を、このノートに……そんな注文でも、大丈夫かしら？」

龍臣は少し間を置いてから、わかりました、と静かに言った。

「それでは、ご主人がどんな方だったのかを教えてください。おれはあくまで、お客としての村沢さんしか知らないので。話を書くときに参考にさせていただきたいのです」

「それなら、今日持ってきた主人の日記をお貸しします。これを読んでいただければ、主人のこともわかるかと」

おばあさんは、手元の紙袋から再び日記を取り出した。

「おれが目を通してもいいんですか？」

「ええ、かまいません」

栞は、そのあたりで店をそっとあとにした。自分がいても、邪魔になってしまうだけだろう。けれど、龍臣が一体どんな話を書くのか、気になっていた。


「藤原《ふじわら》さん、今日もあなたのクラス、一時間目から騒がしかったわね」

職員室で学年主任の今川《いまがわ》に声をかけられたとき、栞は思わず身を縮めた。今川は五十代前半のベテランの女性教諭だった。白髪のまじった髪を後ろでひとつにくくり、ポロシャツに綿パンという簡素な装いは、飾り気がなく、子供たちと関わるために必要な機能だけを優先している。今川は子供たちの教育に、人生のすべてを捧げている人だ。

「藤原さんは――来年度も、この学校で仕事を続けるのよね？」

確認するように今川にたずねられ、栞は、まるで首をしめられているような心地で返した。

「はい。校長先生には、そういうお話をいただいています」

「でも、あなた……この前の教採も通らなかったんでしょう?」

「はい……」

もはや消え入りそうな声で、栞は答えた。栞はこの小学校で二年生の担任を受けもっているが、まだ教員採用試験には受かっておらず、講師という立場にあった。学校に正式採用されている教諭とちがって、今の栞は、たとえるなら年度ごとに雇用の契約を結ぶ、契約社員のような状態だった。栞は大学を出てから二度、夏に行われる教員採用試験を受けていたが、倍率が高いこともあり、できる限りの努力はしたものの、二度とも落ちてしまっていた。

それでも栞は運がいいほうだろう。教員が不足しているために、来年度の春からもまた一年、この学校で働いてもいいと、先日校長から話をもらっていた。職を失わなくてすむことにほっとした栞だったが、同時にこの苦しい日々が続くのだと、出口のないトンネルに閉じ込められたような心地でもあった。

今川は、しばらく栞の顔を見つめてから、口をひらいた。

「子供たちにとってはね、情緒が育つこの時期が一番大事なときなのよ。だから、こんなことは言いたくないけど……あえて言うわね。あなたがあのクラスの担任でいることを、不安に思っている保護者の方もいらっしゃるわ。私から見てもそう。若いから、技術的なことは仕方がないとしても、あなた、いつも嫌々仕事をしているんじゃないの？　最近は毎日つらそうな顔をして学校に来ているし、私には、そう見えてしまうときがあるのよ。そんなあなたが先生をしていることが、子供たちにとっていいことだとは、私にはとても思えないの」

栞はもはや、息をつめて聞いていた。やめて、やめて、もうこれ以上聞きたくない。けれど今川は容赦《ようしゃ》なく、最後は労《いたわ》るような声で告げた。

「嫌だったら、やめたっていいのよ。あなたには、他にむいていることがあるかもしれないし。来年度のお話は、よく考えて校長先生にお返事した方がいいわ」

ああ、トドメだ、と栞は思った。

（もう、どうしたらいいのかわからない……）

日が落ち、街灯の白い明かりが際立ちはじめた商店街を、栞は、顔をあげる気力もないまま歩いていた。一日のにぎわいを過ぎた商店街は、すでに店じまいをしているところも多い。いつもは訪れる人をあたたかく迎え入れてくれるこの通りも、今はこちらを突き放したようによそよそしく、しんと静まり返っている。

そんななか、水沢文具店はまだシャッターを下ろしていなかった。硝子戸を通して店内の明かりがもれ、煉瓦敷きの道路を淡く照らしている。思えばこの店は、朝は栞が出勤するころにはたいがいシャッターをあげているし、夜も他の店に比べると遅くまで営業していた。龍臣は愛想がないけれど、仕事に対する姿勢は真面目《まじめ》な人のようだった。龍臣は仕事をつらく思ったことはないのだろうかと、栞は店内からこぼれる明かりに目をやりながら考えた。

栞が水沢文具店の前を通り過ぎようとしたときだった。ちょうど店から小柄なおばあさんが出てきて、栞と目が合った。二週間ほど前、ご主人の話をオーダーしていた人だった。おばあさんは栞の顔を憶えていたようで「あら、こんばんは」とあいさつしてくれた。栞はあわててあいさつを返した。それからややためらったものの、どうしても気になったことを、おばあさんにたずねた。

「あの、この前注文されていたお話……もうできましたか？」

おばあさんは、相変わらずやせていて、頼りない細い肩をしていた。それでも前より、いくらか生気が戻ったようだった。目じりにしわをつくって、おばあさんは言った。

「ええ、おかげさまで。あの人の生きていた頃のお話を、素敵に書いていただきました。まさかあんなにきちんとしたものを書いてもらえるとは思っていなくて、びっくりしてしまったくらい。今日はあらためて、そのお礼にうかがったところです」

「あの……」

どんなお話でしたか？　と訊《き》こうとして、けれど失礼になると思いとどまり、栞は口をつぐんだ。しかし、おばあさんは栞が訊きたいことがわかったようだった。おばあさんは、そっと言った。

「水沢さんはね、どんな話を書いてくれるのかと思ったら、何年もむかしの、私と主人のちょっとした日常の思い出を、そこだけ切りとるようにして書いてくれたんです」

そっと息をつくと、おばあさんは続けた。

「本当に、当時は気にもかけていなかったほど、些細《ささい》な日常の出来事です。でも、あのお話を読んで、ああいう毎日を、私たちは繰り返してきたんだなと思ったら……それがもう終わってしまったんだと思ったら、涙が出ました。考えてみたら、私、主人が亡くなってから、きちんと泣いていませんでした。主人が亡くなるまでの看病も大変でしたし、亡くなったあとも、やることはたくさんあって。もう年だから。いつお迎えが来てもおかしくないから。そんなふうに、周りに悟ったようなことを言って気丈にふるまっていました。

でも、あのお話を読んで、まるで子供みたいに一度わあわあと声をあげて泣いたら、ぼんやりしていた頭が、少しはっきりした気がします」

そう言って、おばあさんは、夜のなかに淡く浮かぶ水沢文具店の看板を仰いだ。栞は、そんなおばあさんの横顔を見つめていた。少ししてから、おばあさんは何か思い出したように、栞に顔を向けた。

「そういえば……ここの店主さん、下のお名前はなんというのかしら」

「たしか、龍臣さんという方です」

栞はおばあさんに教えた。すると、そうですか、とつぶやいて、おばあさんは記憶をたぐりよせるように、頰に細い指をあてた。

「このお店、以前はうちの主人と同い年の店主さんがきり盛りしていたんです。その方と主人は、気が合ったようで仲が良くて。その方、当時は高校生だったかしら……野球がとても上手なお孫さんがいたんです。ピッチャーをしていて、将来はプロになるんじゃないかと期待されているくらいすごい子なのだと、主人が話していた記憶があります。その子の名前が、たしか龍臣くんだったと……」

おばあさんは、水沢文具店の店内をふり返り、目を細めた。

「そう、彼がそのお孫さんなの……その子がこのお店を継《つ》いだのね」

最後の方はひとり言のように、おばあさんはつぶやいた。

おばあさんは栞に別れを告げると、夜の商店街を歩いて帰っていった。栞は、しばらくその後ろ姿を見送っていた。おばあさんのどこか満ち足りたような表情が、頭に残って離れなかった。しばらく迷ったものの、栞はやがて、店の戸を開いて、なかに入った。

カウンターには、龍臣がいつもと同じように座っていた。目の前のノートに顔を伏せ、形のよい手でペンを持ち、何かを書き込んでいる。栞は、この店に入って一番はじめに目についた、シンプルな青一色の表紙のノートと、ノックする部分に銀色の小鳥のチャームがついているボールペンを手に取った。そしてレジに持っていき、店主に差し出した。

「あの、私もひとつ、話をお願いしてもいいですか？」

龍臣は、そこでようやく顔をあげた。栞がここにいることに、はじめて気づいたようだった。眼鏡のむこうにある黒目が、こちらをうかがうように鈍《にぶ》く光る。

「いいですけど……じゃあ、あなたはどんな話が読みたいですか？」

「え……」

自分から頼んでおいて、栞は、龍臣の質問に答えることができなかった。文斗やおばあさんを見て、龍臣に話を書いてもらいたいと思ったものの――どんな話が読みたいか、それは栞にもよくわからなかった。そんな栞の心境を、龍臣はくみとったようだった。しばらくすると、わかりました、と静かに言った。

「それじゃあ、あなたの話を聞かせてください。話を書くために、おれはあなたのことを知らなきゃならない」

栞は、いつも子供たちが遊んでいる小上がりに腰かけて、ぽつりぽつりと龍臣に話しはじめた。途中でみっともなく泣きだしてしまうのではと心配したが、そうはならなかった。この前一度、話を聞いてもらったおかげかもしれない。栞はあまり抵抗を感じず、自分の毎日を、思いのほか淡々と語ることができた。

受からなかった試験。若くて未熟な自分。周囲からの非難。どんなにもがいてももがいても、うまくいかない日常。

「……私が学校の先生になったのは、単純に子供が好きだったからです。でも、それだけじゃ、駄目だったのかもしれません。たとえば素質とか、技量とか自信とか……どうしても必要で、でも私には欠けていて、補うことができないものも、あるのかもしれない」

栞は、うつむいたまま小声で言った。こんなどうしようもない弱音を吐いている自分が、情けなくて仕方がなかった。

「もっと他に、私には、進むべき道があって……今はまちがったことをしているのかもしれないと思うと、身動きがとれなくなります。周りにたくさん迷惑をかけて、非難もされているのに、それでもしがみついていることに、意味はあるのかなって……」

龍臣は、長い間黙っていた。あきれた顔をするでもなく、なぐさめを口にするでもない。

そのとき龍臣が、長い指でくるりと回転させたのは、栞が選んだボールペン。そして目の前に置いて見つめているのは、まだ文字の綴られていない青いノートだった。


〝ご注文いただいていたもの、できました〟

短く愛想のないメールが水沢文具店の店主から届いたのは、数日後の日曜日だった。午前も終わりに差しかかる頃まで寝ていた栞は、それを見て、ようやくベッドから起きだした。疲れた体はまだふとんのなかにいたいと要求していたけれど、栞はどうにかそれに逆らった。軽く身支度をして、水沢文具店にむかった。

栞のアパートから、商店街の通りに入ってすぐ。公園のとなりには、栞がよく行く弁当屋がある。ちょうど昼時ということもあって、栞はそこで生姜《しょうが》焼き弁当を二つ買った。龍臣は、ノートとペン代だけでかまわないと言っていたけれど、栞はせめてもう少し、何かをつけ加えたいと思っていた。

水沢文具店の硝子戸を開けると、日曜日のためか、めずらしく子供たちはいなかった。

栞が歩み寄ると、奥のカウンターに座っていた龍臣は、青い表紙のノートと銀の小鳥のチャームがついたペンを栞の前に出した。

「お待たせしました。ご注文のものです」

ノートを受け取った栞は、その代わりのように、店主に弁当の入った袋を差し出した。


栞と龍臣は、店で一緒に買ってきた弁当を食べた。龍臣はカウンターの席に座ったまま、栞は小上がりに腰掛けて――栞はもともと内気な方だし、龍臣は無口なので、ほとんど会話はなかった。けれど、不思議と気詰まりな感じはしなかった。生姜焼きは甘辛く、ご飯はふっくらとしていておいしい。最近の栞は、仕事の雑務をこなすかたわら食事をする習慣がついていた。こんな風に味を噛みしめながら食事をしたのは、久しぶりのことだった。

「おれ、この店のひじき煮が好きなんです」

龍臣が、箸でつまんだ具だくさんのひじき煮を眺めながら言った。龍臣の、店主ではない素の顔が急にあらわれた気がして、栞はちょっと驚いた。

「そう、よかった。おいしいですか？」

「おいしい」

単純明快な受け答えに、栞はなぜだか、ほっとした。

「ソレ、このままうちで読んでいきますか」

龍臣がふり返って言った。彼が言っているのが、自分が受け取ったノートのことだとわかり、栞はたずねた。

「いいんですか？」

「いいですけど、条件があります」

弁当を食べ終えた龍臣は、手早くゴミを片付けて、カウンターから立ち上がった。

「おれは外に出ていますから、代わりに店番をしていてください。レジの鍵は開けておくんで」

そう言い置くと、龍臣はゆっくりと戸口に歩み寄り、外に出ていった。そのときになって、栞ははじめて気がついた。龍臣が、左足を引きずるようにして歩いていることに。思えば、栞は今まで、カウンターの椅子《いす》に座っている龍臣しか見たことがなかった。

栞は戸惑ったものの、龍臣がさっきまでいたカウンターの席に移動し、ぎこちなく椅子に座った。店番を頼まれたということもあり、ここで龍臣から受け取ったノートを読むことにした。

龍臣は自分に、一体どんな話を書いてくれたのだろうと、栞は軽い緊張と不安をおぼえた。栞は少し震える指先で、そっと青いノートを開いた。

ページの罫線上には、丁寧で緻密な文字が綴られていた。そこにあったのは、脚色も誇張もない、ただ滑稽《こっけい》なほどありのままの自分の日常だった。

物語の主人公は、栞自身だった。栞は毎日、懸命だった。それが何かを変えることにつながらなくとも、悩んで、あがいていた。そして、とくに物語のなかで克明に描かれていたのは、この店に来ているときの自分の姿だった。仕事のことをつらい、きついと言いながら、栞は子供たちが喜びそうなスタンプを見つけると、すぐに手に取っていた。色とりどりのチョークを龍臣から見せられたときには目を輝かせ、学級日誌に使えそうなノートや、めずらしい色のペンを見つけては、せっせと購入していた。そんな自分の姿が、丁寧に描かれていた。

物語の終盤では、栞は、たくさんの迷いや不安を抱えながらも、次の教員採用試験が迫ると、忙しい仕事の合間をぬって必死に勉強をする。目の前には途方もないほどたくさんの選択肢があり、そのなかには楽な道も、まったくちがう方向へ進む道も、あったけれど、栞は結局、今の道を歩き続けることを選んでいた。そしてついに試験に合格して、泣いて、笑っていた。

物語のなかで、栞は何度もこの商店街の通りを、下を向いて歩いていた。そしてこの店の前にある水たまりを見つけるたびに、空を仰いだ。つらくても、なんとか自分を励まして、顔をあげていた。

ああ、そうだったんだな、と栞は思った。

(私は、あきらめたくなかったんだ。それで水沢さんに、話を書いてとお願いしたんだ)

ほしかったのは、自分を肯定してくれる言葉だった。周囲に認められないことに、それでもみっともなくしがみついていることに対する、許しだった。栞はすでに、自分でも気づかないところで答えを出していた。けれど、苦しくて折れそうになった今、どうしても、〝それでいい〟と誰かに言ってほしかったのだ。

ふと涙がこぼれそうになったので、そっと息をつき、気持ちを落ち着けた。龍臣は、もしかしたら気を遣って外に出ていってくれたのかもしれない。いや、たんに、目の前で自分の書いた小説を読まれるのが恥ずかしかっただけかもしれないが。

栞はしばらくぼんやりと、硝子戸のむこうに見える、商店街の通りを眺めていた。どのくらいの時が経っただろうか。戸が開いて、外の風が入ってきた。客が来たのかと、栞はあわてて顔を取り繕《つくろ》ったが、そのにぎやかな声は、耳になじんだものだった。

「あ、栞姉ちゃん!」

文斗が言った。常連の子供たちが次々と店のなかに入ってくる。続いて入ってきたのは龍臣だった。

龍臣は、風で少し乱れた黒髪にどこか困ったように手をやり、左足を引きずりながら、カウンターに歩み寄った。

「公園の前を歩いていたら、つかまりました」

報告するように言うので、それがなんだかおかしくて、栞は思わず笑ってしまった。カウンターの席を立ち、龍臣に譲った。

「すごいですね」

いつもの席に座った龍臣に、栞は、心をこめて言った。

「誰かのほしい言葉を、こんな風にノートに書いて渡してくれるなんて……すごいことができるんですね」

龍臣は何も言わずに栞の顔を見つめていた。やがて目を伏せ、自分の左足に手を置いてつぶやいた。

「それでも、おれが本当になりたかったのは、ちがうものです」

栞はどきりとした。この前、おばあさんが言っていたことが思い出された。高校野球の選手。将来を期待されていたピッチャー。

「おれは、この店を引き継ぎたくてそうしたわけじゃありません。この足では、他にやりたいこともなくて、ここに来たんです」

それを聞いた栞は、せつなくなった。龍臣にとってこの店は、望まない場所でしかない

のだろうか。気づくと、小さな声でたずねていた。

「それじゃあ水沢さんは……どうしてこのお店で、こんな風に、ノートに物語を書いているんですか？」

龍臣はしばらく黙っていた。視線をあげ、商品の置かれた棚を見つめ、口をひらいた。

「この店、ノートがたくさんあるじゃないですか。もともとは、祖父の趣味からはじまった品ぞろえなんですけど……それで毎日毎日、まだ何も書かれていない真っ白なノートに囲まれていたら、あるときふと、自分の人生も、こんな風に振り出しに戻ったんだと思えて。そうしたら、無性に、そこに何か書きたくなったんです」

顔をあげた龍臣は、かすかにほほえんだ。それはどこかさみしげな笑みだったけれど、ほんの少し、誇らしげでもあった。

水沢文具店で、店主に話を書いてもらった前と後で、何かが変わったわけじゃない。龍臣自身も、昨日あのあと、いつもの不愛想な態度に戻って言っていた。

「おれには、現実をどうこうすることはできません。おれはこの店に来たお客さんで、希望する人に、その人が読みたいと思う話を書くだけです。それも、うちでノートとペンを買ってくれた人に限りますけど」

状況は何一つ変わらない。ただ山積みになった目の前の問題に、また向き合おうと思う、少しの気力が戻っただけだ。でも、あるいはそれが、人生のなかで、とても意味のある瞬間になることも、あるかもしれない。そんなはかない望みにかけて、栞は今日も重い足を引きずり、家を出た。こんぺいとう商店街の煉瓦敷きの道を歩いて、職場へと向かう。

そうして、ちょうど水沢文具店の前に差しかかったときだった。栞は、またいつもの場所に水たまりを見つけた。昨日の夜、しとしとと控えめな雨が降っていたので、その名残《なごり》だろう。そんなことを考えていたとき、ふと、栞のなかに、ある疑問が浮かんだ。

そういえば、どうして龍臣は、栞がこの水たまりを見てひそかに気持ちを切りかえていたことを知っていたのだろう。

水たまりを見た栞は、いつものように顔をあげる代わりに、店のなかに視線を向けた。すると硝子戸をはさんで、カウンターの椅子に座っている龍臣と目があった。

ぼんやりしていた龍臣は、すぐにはっとした顔をし、あわてた様子で目をそらした。栞も、いそいで目をそらした。なんだか、顔が熱くなった。

(今日は、この前買ったカラフルなチョークで授業をしよう)

栞は思った。問題は、相変わらず目の前に山積みだけれど。なにかを、少しでも変えるために。

栞は息を吸い、空を仰いだ。
さあ、今日も一日がはじまる。

花柄シャープペンシル

——優希

〝ペンとノートをお買い上げの方、ご要望があれば話を書きます。オーダーメイドストーリー〟

十二月の初旬、十八時を過ぎた頃にもなると、もうかなり暗くて寒い。時折吹きつける冷たい風に身を縮めて歩いていた栞《しおり》は、ふと足をとめた。中学生くらいの女の子が、店の硝子戸に貼られた一風変わった張り紙の前にたたずみ、じっと見つめている。肩にかかるくらいの髪を飾り気のない茶色のゴムでひとつにくくり、制服の上に紺色のダッフルコートを着て、バドミントンのラケットケースを肩にかけている。水沢文具店の店内からこぼれる明かりにぼんやりと照らされた横顔は、どこか張りつめた様子だった。首にまいた白いマフラーに口元までうずめて、寒さをこらえているかのようだ。

（どうしたんだろう。お店に入らないのかな……入りにくいのかな）

栞は、今日は店に立ち寄るつもりはなかったが、女の子のそばへ近づいていった。女の子がこっちをふり返った。とても心細げな目をしている。栞は自分のクラスの子供たちに向けるような、うちとけた笑顔で話しかけた。

「ここ、めずらしいデザインのノートがたくさんあって、おもしろいよ」

それだけ告げて、硝子戸をカラカラと開けた。「こんばんは」となかに声をかけて先に入る。扉を開けてあげれば入りやすくなるかと思ったのだ。すると、女の子もつられたように店に足を踏み入れた。よかった。

店主の龍臣《たつおみ》は、相変わらずにこりともしないでカウンターの席に座っていた。栞と目が合っても、そのままの表情で会釈《えしゃく》する。栞も軽く頭をさげた。たしかに、店の古びた外装と、この店主のとっつきにくさを思えば、中学生の女の子には敷居が高いかもしれない。

店の小上がりには旧式のストーブがあり、その周りには今日も子供たちが数人集まっていた。外からではわからないが、この店のなかは意外なほどあたたかくて賑《にぎ》やかだ。女の子は、ものめずらしそうに店内を見回していた。栞はいつも買っている赤ペンと、今日はじめて見る、ウサギのシルエットを模《かたど》ったメモ帳を手に取って、カウンターに持っていった。龍臣が受け取って会計をはじめる。

「やっぱり、これを選びましたね」

「え?」

「あなたが買いそうだなと思っていたんです」

無表情のまま言われると、何か怒っているのではと思ってしまうが、店主のこの無愛想に敵意はないともう知っていた。

「この動物の形のメモ帳シリーズ、ウサギも入荷していたんですね。これ、子供たちに好評なんです」

代金を払いながら栞は笑った。龍臣は長い指で商品を丁寧に紙袋に入れながら、「それはよかった」と短く返す。

その間、女の子は店の隅の方に立ったまま、自分の鞄《かばん》のなかを探っていた。財布を取り出そうとしているのだろうか。ひとつひとつの動作が、なにかに怯《おび》えてでもいるように、ひどく静かで控えめだった。

「あの子、知り合いですか？」

龍臣が声を落としてたずねてきた。栞は「いいえ」と返した。

「おもてにある張り紙を、ずっと見ていたんです。入ろうかどうしようか迷っているみたいだったので、声をかけてみたんですけど」

「そうですか」

女の子は財布を取り出したものの、それを握ったまま動かず、周りに視線を配っていた。他の客が帰るのを、待っているようにも見えた。

（あの子も、もしかして何か話を書いてもらいたいのかな……）

自分のときのことを思い出しながら、女の子を気にしつつ、栞は店をあとにした。

＊

翌日も、いつもと変わらず仕事は大変だった。最後の授業である五時間目にもなれば、一日中張り上げ続けた声は、もうすっかりかすれてしまっている。栞はそっと息をつき、黒板に、白いチョークで足し算の問題を書いて、教室の子供たちをふり返った。

「よし、じゃあ、この問題わかる人？」

授業をちゃんと聞いていて、勢いよく手をあげる生徒も数人いたけれど、となりの席の相手と消しゴムのかすを飛ばし合っている子、わかんなーい、と机につっぷしてやる気がない子。今日も子供たちは元気で自由で無邪気だった。こちらの思い通りには、なかなかなってくれない。

栞は手をあげた子供たちから三人を指名して、黒板に答えを書いてもらった。相変わらず教室は騒がしい。栞は深呼吸をして、大きな音がするように二回手をたたき、明るい声を張り上げた。

「はい注目！　答え合わせするよー。一問目の答えは6、林《はやし》くん、すごい、正解。ふつうなら花丸をあげるところだけど、今日は特別！　飛行機の絵で正解を囲んであげちゃう」

そう言って、栞は黄緑色のチョークで6の数字が機体にある飛行機を黒板に描いた。こういう子供たちが好きそうな絵は、いろんな種類のものを散々ノートに練習したのだ。そのかいあって、約半数の子供たちの注意がこちらに向く。

「二問目は5。これも正解！　三橋《みはし》さん、よくわかったね。今度は正解にハートをいっぱいあげちゃおう」

鮮やかな赤いチョークで、5の数字の周りにハートマークを花びらのように五つ描く。次の問題の答えも、黄色いチョークでたくさんの星を描いて取り囲んだ。栞は、にっこり笑って生徒たちに問いかけた。

「じゃあ、次の問題答えてくれる人？」

「先生、次はおれに車の絵描いて！」

「私はネコ、ネコがいい！」

「よーし、じゃあみんな頑張って正解してね！」

子供たちの大半が、目を輝かせて手をあげた。手をあげていない子も、今は黒板に意識を集中させている。

生徒たちが懸命に問題を解いて、答えを黒板に書くたびに、栞も懸命に工夫をこらして絵を描いた。授業が終わるころには黒板はとてもカラフルになり、栞はへとへとで、手は色とりどりのチョークまみれになっていた。それでも授業は無事に終わった。今日も教科書を目標のページまで、なんとか進めることができた。

職員室に戻った栞は、自分の机につっぷした。授業のあとの職員会議を終え、保護者との面談を二件すませたあとだった。毎日のことだけれど、一日のやるべきことを全部こなして我に返ると、くたくたになっている自分に気づく。

ふと出席簿の上にある箱が目に入った。栞は手をのばしてふたを開け、なかを眺めた。そこには、十二色のチョークが入っている。

これを買ってから、二か月近くが経っていた。どれも、もう半分より小さくなってしまっている。学校で支給されるチョークにはない、繊細な色あいのものばかりだ。

（めずらしいものだって言ってたけど、また仕入れてもらえるかな）

これのおかげで、以前よりもずっと授業が進むようになった。栞は箱を閉じて、時計を確認した。すでに二十時を回っていたので、今日はもう閉店しているだろう。帰り支度を整えながら、次の休日にでもまた行こうと考えていたとき、携帯電話が短く震えた。

コートを着ながら画面をタップして確認すると、思いがけない人からメールが来ていたので、栞は動きをとめた。

水沢文具店の店主だった。

二か月ほど前、ノートに話を頼んだときに、出来上がりの報《しら》せをもらうため連絡先は教えてあった。でも、これまでにメールが来たのは、そのときの一度きりだ。今はとくに注文していたものはなかったはずだけれど……栞はコートを半分ひっかけた状態のまま、メール画面を開いた。

『相談したいことがあります』

件名には、そう表示されていた。


龍臣とは、日曜日の昼にアパートの近くの公園で待ち合わせをした。

龍臣は左足を引きずるようにして栞に歩み寄ってきて、ダウンジャケットのポケットから何かを取り出し、栞に差し出した。見るとホットの缶コーヒーだった。公園の前の自販機で買ってきてくれたらしい。あたたかいコーヒーを手で包みながら、栞は龍臣に促《うなが》されてベンチに座った。龍臣も横に腰かけてから口をひらいた。

「すみません、寒いのに。店でもよかったんですけど、あそこだと子供たちがいきなり来ることが多くて、ゆっくり話せないんで」

空気は冷たいが、空は青くよく晴れていた。日差しにはぬくもりがあったので、寒さはそれほど気にならなかった。龍臣は、店には『外出中』の札をかけてここに来ているということだった。

「大丈夫ですよ。それより、私に相談っていうのは？」

栞はたずねた。この前龍臣からもらったメールには、〝相談にのってもらいたいことがあるので時間をつくってもらえますか〟とだけ記されていた。

栞から見た水沢文具店の店主は、寡黙《かもく》で淡々としていて、たとえ悩みがあっても、自分ひとりで静かに解決してしまう人に思えた。そんな龍臣から相談をもちかけられるというのは思いがけないことだったので、メールをもらってから、どんな内容だろうとずっと気になっていた。

龍臣は静かにきり出した。

「この前、あなたと一緒にうちの店に入ってきた女の子のこと、憶《おぼ》えていますか？」

「あの、中学生の子ですか？」

栞は、思いつめたように店の張り紙を見つめていた女の子の横顔を思い出した。

「あの子、おれにオーダーメイドの小説を注文していったんです。それでそのとき、小上がりにこのノートを置き忘れていって……うちの売りものじゃないし、彼女がもともと持っていたノートだと思うんですけど」

龍臣は肩にかけていたショルダーバッグから、一冊のノートを取り出し、栞に差し出した。それは、よく見るデザインの大学ノートだった。表紙の隅に〝一年二組　高橋優希《たかはしゆうき》〟と名前が書いてある。

栞は戸惑い、ノートと龍臣の顔を見比べた。龍臣は、黒縁の眼鏡《めがね》のむこうから、促すような視線をむけてくる。

栞はノートを開いて目を通した。数学の授業で使っているものらしく、はじめの方には数式がたくさん、きれいな字で書き込まれていた。けれど、あるページを境にして、それが一変した。

「なにこれ……ひどい」

栞は思わずつぶやいていた。ノートの途中から、白いページを埋め尽くしていたのは、

〝死ね〟〝キモイ（笑）〟〝うざいです〟〝媚《こ》び売ってんじゃねー！〟〝消えてください☆〟

——他にもたくさんの……信じられないくらい悪意をはらんだ言葉の数々だった。

龍臣は声を低めた。

「このノートを見れば、あの子が今どんな状況にいるのか察しがつきます。最近のいじめが、どれほど残酷でえげつないかは、おれもテレビなどで見て知っていましたけど……これはおれにどうこうできる範囲のことじゃない。でも、見過ごすこともできないので、小学校の先生であるあなたに相談しました」

栞は、心ない言葉が書かれたノートに手を置いた。触《ふ》れているだけで冷たい痛みが走るような気がした。これを書いた子たちは、自分がどれほど惨《ひど》く恐ろしいことをしているのか、誰かに教えられることはないのだろうか。これを書かれたあの女の子は、どれほどの傷を心に負ったのだろう。そのことに気づいている大人はそばにいるのだろうか。栞は重苦しい気持ちになりながら、龍臣に言った。

「この、高橋さん……オーダーメイドの小説を注文していったとき、他には、何か話していませんでしたか？」

「それが」

龍臣は言いかけて、コーヒーをひとくち口に含んだ。冷たい空気のなかに、こうばしい香りがふわっと漂《ただよ》う。

「いつものように、どんな話を読みたいかたずねたんですけど、彼女、『わからない』って言ったんです」

「『わからない』ですか……」

　栞は、自分のときのことを思い返しながら龍臣の方を見た。

「でも、それって、私もそうだった気がします。どんな話が読みたいか、水沢さんにたずねてもらいましたけど、とっさには思いつかなくて」

　龍臣は栞の目を見返した。

「たしかにあなたのように、自分がどんな話を読みたいか、具体的に言えない人はよくいるんです。でも、そういう人たちでも、何かしら要望のようなものはあります。おれはいつも少し時間をかけてその人の話を聞いたり、観察したりして、そこから得たものを膨《ふく》らませて、話を考えるんです」

「もしかして……高橋さんは『わからない』と言ったまま、何も話さずに帰ってしまったんですか？」

　察して栞が言うと、龍臣は眉根を寄せて頷《うなず》いた。

「何も聞くことができないと、さすがに、どんな話を書いていいのかわからないんですよ」

　栞は、閉じたノートを見つめた。店に足を踏み入れることをためらっていた様子や、すべての動作に怯えや迷いがあった彼女の姿を頭に浮かべながら、考え考え口をひらいた。

「あの子、お店の張り紙を見ながら、なんだか、とても迷っていたように見えました。このノート……もしかしたら、忘れていったんじゃなくて、わざと置いていったんじゃないですか」

「わざと？」

「自分の口から、いじめられているって言うことができなくて。お店に来て、水沢さんに話をオーダーしていったのは、もしかしたら彼女が必死に出した、ＳＯＳのサインだったのかもしれません」

「見ず知らずのおれに、そんなサインを出したんですか？」

龍臣は疑問を呈《てい》するように眉をひそめた。

「見ず知らずの人にだからこそ、できたのかも。自分がいじめにあっていても、親や友達にそのことを言えない子は多いんです」

栞は、自分自身に言うように、少し声を強めた。

「いじめを受けている子が外にそのサインを出したとすれば、それはとても重要なことなんです。見逃したら、いけないいんです」

自分の仕事は教師だ。まだ教員採用試験は通っていない身だけれど、今ここで龍臣の相談に応じることも、あの女の子に手を差しのべることも、しなければならないことだと思えた。教師としての経験は浅いものの、知識をふりしぼって言った。

「あの子のために何かできることがあるとすれば――まず、話をちゃんと聞いてあげることだと思います。本人にとっては話したくないことかもしれませんが、水沢さんはあの子に話をオーダーされたわけですし、少し踏み込んでたずねることも、していいと思います。もしあの子がこのノートを、わざとお店に置いていったのだとしたら、なおさら」

龍臣は眼鏡のむこうの目をすがめるようにして、冷静に返した。

「でも、もし話を聞いてあげられたとしても、おれが彼女にしてやれるのは、物語を書いたノートを渡すくらいです。前にも言いましたけど、おれは、現実をどうこうできるってわけじゃない」

「だけど、このまま放っとくことなんてできません」

栞は言いきった。起こっているいじめをすぐに解決することは、現実的に難しいことだと、わかってはいた。しかも、自分はあの女の子との接点がない。龍臣を介して間接的にかかわっただけだ。それでも、あの子に何かしてあげたかった。力になれるようなこと、あの子が苦しんでいるなら、少しでも助けてあげられることを……。栞は、龍臣の横顔を見つめた。

「あの子から話が聞けたら、ノートに何か書いてあげられるんですよね？　私のときみたいに」

龍臣はしばらく黙っていたが、いつもの愛想に欠けた口調で言った。

「必ず彼女が望むような話を書いてやれるという、保証はできませんけど」

「それでもいいです。水沢さんは、あの子にちゃんと話を書いてあげてください。私も、なんでも協力しますから」

「……そう言われても」

龍臣は、少しクセのある黒髪に手をやり、めずらしく困った顔をした。

「その高橋さん、代金を払ったあと、そのまま逃げるように帰ってしまったんです。だから連絡先も、どこの学校に通っているのかもわからないんですよ。こっちからコンタクトを取ることはできないので、むこうから、またうちの店に出向いてくれるのを待つしかない」

栞は、勢い込んでそれに返した。

「あの子が通っている中学は、私の職場の小学校の近くです。部活をしているみたいなので、下校するのは十八時くらいだと思います。明日、そのくらいの時間に、一緒に中学校の校門のところに行ってみませんか？　うまくいけば、また会えるかも」

「どうしてそんなことを知ってるんですか？」

龍臣が、驚くというよりむしろ怪しむように訊いてきた。栞は頭上にかかる冬枯れの桜の枝に目をむけ、思い出しつつ言った。

「あの子が肩にかけていたラケットケースに、校名が入っていたんです。バドミントンのラケットみたいだったので、部活で使っているのかなと思って」

龍臣は黙ったまま栞の方に視線を向けていた。少ししてからぼそりとつぶやく。

「あなたが先生だってこと、初めて納得したような気がします。うちの店に来ているときは、ぼんやりしていて、本当に先生なのかなと思ったこともありましたけど。子供のことになると、しっかり見ているんですね」

一瞬褒められたのかと思ったが、よく考えると疑問を感じた。栞がふり返ったときには、龍臣はすでに栞から顔をそらして、コーヒーの缶を傾《かたむ》けていた。

翌日の月曜日、栞は仕事を早めにきりあげて、待ち合わせ場所である地下鉄の駅へ向かった。龍臣はジーンズに黒のダウンジャケット、黒いショルダーバッグという装いで、地下鉄の出口前で待っていた。

背が高くてすらりとした細身の体格は、何かのスポーツでもやっていそうな精悍な雰囲気なのに、眼鏡と長めの前髪で隠れるうつむきがちな横顔には翳《かげ》があり、声をかけるのを周りに躊躇《ちゅうちょ》させるものがある。そういうどこかちぐはぐな印象が、いかにも龍臣という感じがして、栞は遠目にもすぐにわかった。商店街でしか見たことがない店主の姿を、ビルや人通りの多い都心で発見するというのは、なんだか新鮮だった。

「水沢さん」

栞は走り寄って声をかけた。息をきらして駆けつけた栞を、龍臣はまばたきをしながら見下ろした。

「……大丈夫ですか？」

「大丈夫です。なんとか仕事、終わらせてきました。少し遅れちゃってすみません」

そういえば、と今になって思い出して栞は顔をあげた。

「お店の方はいいんですか？　この時間帯にはいつも子供たちがいるのに」

「平気です。卸《おろし》の知人に、店番を頼んできましたから」

二人は並んで歩きはじめた。龍臣は左足を引きずっているので、栞は歩調をゆるめた。龍臣の歩く速度をあらためて知ったとき、そういえば、この人と並んで歩くのははじめてだなと気づいた。

「高橋さんを捜すのはいいですけど、おれたちみたいな部外者が、中学校の前に居座って生徒たちを眺《なが》めていたら、不審者扱いされませんか？」

龍臣が足元を見て歩きながら訊いてきた。

「それなら大丈夫です。今朝、ちょっと下見に行ってきたんですけど、校門が見える場所にオープンカフェがあったので、そこでお茶を飲んでいるふりをして見ていれば、怪しまれないと思います」

「満々ですね」

「何がですか？」

「やる気」

見上げてみると、龍臣はいつも通りの無表情だったが、それでも言い方に嫌味っぽさはなく、むしろやわらかかったような気がした。からかわれたのだとはっと気づいて、栞が顔を赤くしたのは、それから少し経ってからのことだった。


中学校に着いた二人は、道路を挟んだ校門のむかいにあるオープンカフェでコーヒーを注文し、しばらく居座って、あの女の子——高橋優希の姿を捜した。龍臣は、いつも店番をしているときと変わらない顔つきで校門から出てくる生徒たちを眺めている。栞はというと、内心どぎまぎしながらコーヒーをすすっていた。自分から言い出したことながら、気が小さく、大胆なことができない性分のため、まるで探偵みたいなことをしていると考えただけで、少し緊張してしまっていた。

　十八時になると、部活を終えたらしい生徒たちが次々と校門から出てきた。似たような生徒たちが大勢いるうえ、もう暗くなっていたので、このなかから見つけ出すのは難しいかもしれないと、今さらながら不安になりはじめたが、心配はいらなかった。

　その子は、ひときわ目を引いた。泥だらけになったラケットケースを肩にかけ、ひたすら下を向いて校門を出てくる。彼女の数歩前を、四人の女の子たちが身を寄せ合うように固まって歩いていた。ひそひそ話す声、笑い声。ついてこないでよ、まじキモイー。そんな耳を疑う言葉を、彼女たちはぞっとするほど無邪気に、小鳥がさえずるかのように言っている。ひとりぼっちの女の子は、まちがいなく優希だった。彼女の表情はひどく強張《こわば》っていた。泣き出すことすら嘲笑の種になりかねないと怯えながら、どうしていいかもわからず、途方にくれているようだった。

　栞と龍臣は、すぐにカフェを出た。龍臣は、道路を挟んで中学生たちと同じ方向に歩きながら、様子をうかがっている。冷静な龍臣は、いじめている女の子たちと優希が離れてから声をかけようとしていたのかもしれない。けれど栞は、思わず駆け出していた。道路を渡りながら、優希に声をかけた。

「優希ちゃん」

できるだけ明るく、親しげに聞こえるように呼びかけた。とうの優希は、栞を見ても〝誰？〟というように驚いた顔をしたが、それでもよかった。栞がしたかったのは、彼女を嘲笑する他の子たちに〝彼女はひとりぼっちじゃない、親しい人がちゃんといる。味方がいる〟というのを見せることだった。学校という閉ざされた空間では、子供たちの価値観は狭められ、凝《こ》り固まってしまうことが多いため、こういう様子を見せることで、優希への印象を少しでも変えられればと思った。

優希は、栞のあとから龍臣が遅れて歩み寄ってくるのを見て、ようやく思い当たったらしく頭をさげた。栞のことはさすがに憶えていなかったようだが、水沢文具店の店主はわかったらしい。他の女の子たちが高い声で騒ぎはじめた。

「えー、なに、高橋の知り合い？」

「わ、かなり年上、やるー」

「ねー、ひょっとして援交？」

「やば！　ていうか、相手の男の人、暗っ！」

女の子たちの集団は笑い、足早に歩き去っていく。栞は啞然としてしまった。

（あの子たちって……言葉の意味わかって言ってるのかな。子供の発想ってこわい）

「援交って……」

龍臣はそうぼそりとつぶやくと、心外そうに眉間にしわを寄せていた。というより、ちょっぴり傷ついているように見えた。そのままの表情で栞の方をむくと、低い声で言ってきた。

「高橋さんと話すの、あなたに任せていいですか」

「え、一緒に聞いた方がいいんじゃ……」

「あなたひとりの方がいいと思います」

龍臣は断言した。彼が視線で示した先では、優希が萎縮したように固まって、こっちをうかがっていた。

「おれは中学生の女の子相手に、うまく話を聞き出してあげられるような愛嬌なんか持ってません。それにこのご時世じゃ、大人の男が女の子に声をかけただけで、不審者扱いされかねない」

龍臣はいつも以上にぶすっとした顔つきをしていた。

「あとで連絡ください。おれは店に戻ります」

「……はい、わかりました」

栞が返事をすると、龍臣は心なしかげっそりしている背中をむけて、行ってしまった。

「……お姉さん、この前文房具屋さんで会った人ですよね？」

優希が、小さな声でおずおずと言った。二人は最寄りの地下鉄の駅を越えて少し足をのばし、川沿いの歩道を歩いていた。都心の道路はよく整備されていて、道の両側にはクリスマスにむけて、街路樹が青い電飾で彩られている。

栞は、昨日龍臣が自分にそうしてくれたように、通りかかった自販機で二人分の飲み物を買った。龍臣はコーヒーをごちそうしてくれたが、栞はあたたかいココアを優希に手渡した。

「私のうち、こんぺいとう商店街の近くなの。だから、あのお店にはよく行くんだ。あそこ、ちょっと変わった張り紙があるでしょう？」

栞が水をむけると、優希ははっとしたように栞の顔を見た。川沿いにベンチがあったので、二人で腰かける。栞はさらに話を続けた。

「私も、あなたと一緒だよ。二か月くらい前かな。あの張り紙を見て、店主さん……水沢さんに、話を書いてほしいってお願いしたの」

優希が驚いたように目を大きくした。栞はできるだけ優しくほほえんでみせた。

「水沢さんはね、話をオーダーされたら、お客さんと会話をして、その人のことをちゃんと知ってから、物語を考えるんだって。でも、あなたにはきちんと話を聞くことができなかったから、どんなものを書けばいいのかわからなくて、困っているみたい」

栞はバッグのなかから預かっていたノートを取り出した。優希が、水沢文具店に置きっぱなしにしていったものだ。

「ごめんね。このノートのなか、私も見ちゃったんだ。水沢さんはこれを見て、あなたのことを心配してた。私は頼まれてここに来たんだけど……もしよかったら、あなたの話を聞かせてもらえないかな」

優希は、うつむいてしばらく黙っていた。拒否されるのではないかと栞が思いはじめたとき、「誰にも」とか細い声が聞こえた。小さな細い体を凍えるように縮めて、自分の靴のつま先を見つめたまま、優希は消え入りそうな声を出した。

「店主さん以外の人には、誰にも言わないって約束してくれますか。もしも騒ぎになったりしたら、私は、もっとひどい目にあうかもしれないから……」

栞は頷いた。そうしながら、この子が店にノートを置いていったのは、やっぱり故意だったんじゃないかと感じた。優希は、自分の状況を誰にも言えない代わりに、このノートを龍臣に託した。誰にも言わないでと言いながら、誰かに自分のことを知ってもらいたくてそうしたんじゃないだろうか。彼女があのとき、オーダーメイドストーリーの張り紙に目をとめたのは、自分のためだけに書いてもらえるという物語に、何かしらの救いを求めたからかもしれない。

優希は、ぽつりぽつりと自分のことを話しはじめた。

「いじめが始まったのは、三か月くらい前です……」

優希はかすかに震える声で、栞の目を見ることもなく語った。ためらいがちに、言葉少なに語る彼女の話を、栞はじっと聞いていた。まとめると、こういうことらしかった。

部活のみんなで一緒に下校したときのことだ。同じ一年生の部員のなかで、とくにバドミントンが巧《うま》く、目立っているリーダー格の女の子がいた。その子が帰り道にある、小さな古い薬局に寄っていこうと言い出した。この店の店主のおじいさんは、かなり高齢で耳が遠く、売り物のコスメを少しくらいくすねてもバレないから、というのだ。

優希は、その発言にびっくりして言った。

「そんなことをしたらダメだよ。万引きなんて犯罪じゃん。私はやらない」と。

その次の日から、バドミントン部の一年生たちが、突然優希のことを無視するようになった。首謀者はリーダー格の女の子だった。彼女をはじめ、彼女と仲がいい子たちは、優希を一斉に攻撃し出した。そうではない子たちもいたが、そういう子たちも首謀者の女の子に怯えて、優希を避けるようになった。いじめはそこからスタートした。

　SNSでの仲間外れや、ひどい書き込みがはじまった。教科書やノートへの心ない落書き、練習着やシューズを隠されたり、ラケットのガットを切られたりした。そのため毎日ラケットを持ち帰るようにすると、今日はラケットケースを捨てられた。そしてここ最近は、優希自身が汚いものだとみなされて、誰かに体が触れただけで嫌そうに顔をしかめられる。

「毎日……周りにそんな風にされていると、だんだん自分が本当に汚くて、価値がない人間みたいに思えてくるんです」

　優希はつぶやいた。きれいな青いイルミネーションが夜の街に輝きはじめたが、彼女の目には映っていないかのようだった。栞は、なるべく落ち着いた口調でたずねた。

「今の状況、学校の先生には話したの？　顧問の先生とか、担任の先生とか。あと、ご両親に」

　優希はすぐにかぶりを振った。

　途切れてしまった彼女の言葉を促すように、栞はそのわけを推測して問いかけた。

「先生やご両親に告げ口したことがわかったら、あの子たちが、もっとひどいことをしてくるかもしれないから？」

優希は下を向いたまま口をひらいた。

「それもあるけど、こんなにたくさんの人に嫌われている自分の状況を、誰かにうち明けることがいやで……周りには、学校に来ることを楽しんで、笑っている子がたくさんいる。そういう子たちを見ていると、いじめられるような、嫌われるような性格をしている自分がいけないいんじゃないかって思って……誰にも言えないし、言いたくないです」

栞は、状況をなるべく把握しようとしてたずねた。

「あなたにひどいことをしているのは、部活の人たち?」

「はじめは部活の人たちだけだったけど、最近は、クラスの子たちも」

優希は体を硬くしながら、ふるえる声で話す。

「……この頃、毎日思うんです。明日教室に行ったら、クラスの全員が自分と口をきいてくれなくなっているかもしれない。今日よりも、明日はもっとひどいことになっているかもしれないって。そう思うと……明日が来るのがすごくこわいです」

栞は胸が痛くなる思いで彼女の話を聞いていた。教師として仕事をしている以上、どうにかしなくてはと思う一方で、冷静な部分では、勤務先ではない学校で起こっていることに介入するのは難しいと考えてしまっている自分がいた。たとえ無理にそうしたとしても
——いじめという問題は、本当に複雑で繊細だ。彼女の現状を栞が保護者や学校側へ伝え

たところで、その対応次第では、彼女の立場をさらに悪くしてしまう可能性もある。それに、本人が親しい人に知られたくないと思っているのなら、栞がそれをしたことで、かえって追い詰めてしまう危険性もあった。

栞は、優希の小柄な背中をなでようとして手を触れた。すると優希は、怯えるように肩をびくっとさせて、どこか申し訳なさそうにいっそううつむいた。彼女のそうした様子が、栞はせつなかった。この子の置かれている状況を、どうしたら解決してあげられるだろうと、彼女の背中をゆっくりと何度もなでながら、考えた。

優希と別れると、その足で水沢文具店に向かった。先に連絡しておいたこともあって、龍臣はいつもより少し早めに店を閉めて、カウンターの席に座って栞が来るのを待っていた。

沈んだ気持ちのまま店を訪れた栞の顔を、龍臣は少し見つめてから言った。

「夕飯、まだですよね。今日のお礼と言ってはなんですけど、弁当を買ってきたので、よかったらどうぞ」

龍臣が示した先には、小上がりのちゃぶ台の上にビニール袋が置かれていた。なかを見ると、公園のそばにある弁当屋の生姜《しょうが》焼き弁当が二つ入っていた。二か月前、栞が買ってきて彼に渡したものと一緒だ。まだあたたかい。

この前と同じように、龍臣はカウンターの椅子に座って、栞は小上がりに腰掛けて生姜焼き弁当を口に運んだ。栞は食べながら、優希のことを龍臣に話した。彼女に聞いたこと、彼女の様子。なるべく詳細に話したけれど、龍臣が聞きたかったこと、話を書くうえで役に立つことを伝えられたかは、よくわからない。

龍臣は、栞よりもかなり早く弁当を食べ終えて、ずっと黙って話を聞いていた。栞は話し終えると、最後に言った。

「私、教師のくせに何もできなくて。どうにかしてあげたいのに、何をしていいのかもわからなくて……情けないです」

こんなことを龍臣に言っても仕方がないと思ったが、どうしても言わずにいられなかった。龍臣は、栞に視線を向けてからにべもなく返した。

「教師だからって、他校の生徒のいじめまで解決できるわけないじゃないですか。高橋さんもきっと、あなたにそんなことは望んでませんよ。あの子はたぶん、騒がれたりすることなく、ただ誰かに、話を聞いてもらいたかっただけだと思います」

「そうなんでしょうか……」

栞はつぶやいて、食べかけの弁当に目を落とした。龍臣が息をついたのがわかった。

「そんなに落ち込まないでください。おれが困ります」

言った龍臣は、弁当の容器を片付けると、カウンターの下の引き出しから、何かを取り出した。

「あなたは今回、おれの相談にのって、話に巻き込まれただけです。それに、ちゃんと彼女の話を聞いてきてくれたじゃないですか。おれとしてはそれで充分です」

栞は、龍臣の手元に置かれたものに目をとめた。立ち上がって歩み寄り、座っている龍臣の後ろから見つめた。

「それ、高橋さんが買ったノートとペンですか？」

カウンターの上に置かれていたのは、プラスチック製の軸に、ピンクや赤い花がたくさん咲いている柄のシャープペンシルと、自分でタイトルが入れられるように白く枠抜きされた記入スペースが表紙にある、若草色のリングノートだった。「そうです」とふり返らないまま龍臣が答える。

「考えたお話って、いつも直接ノートに書いているんですか？」

「いえ、夜のうちにパソコンで下書きをつくっておくんです。それをいつも昼間の店番のときに、ノートに書き写しています」

栞は心配になって、うかがうようにたずねた。

「あの……どうですか。お話、書けそうですか？」

龍臣が眼鏡越しに栞の顔を見た。

「まあ、なにも情報がなかったときよりは。考える糸口ができましたから」

それから龍臣は、若草色のノートを手に取り、白いページを見渡すようにぱらぱらとめくった。

「今回はあなたに色々と頼ってしまいましたけど、あとは、おれがやることです。おれには、いじめを解決することなんてできませんが」

龍臣は静かにつけたした。

「おれにできることはやります」


それから龍臣は、優希のための物語を書きはじめたようだった。

栞が仕事への行き帰りに、店の硝子戸ごしになかをのぞくと、龍臣はいつ見てもカウンターの席に座って、目の前にノートを開いていた。愛嬌のかけらもない顔つきで、彼には似合わない可愛《かわい》らしい花柄のシャープペンシルを握っている。そんな様子をこっそりと見るたびに、優希のことで気をもみ続けている栞の気持ちも少しほぐれた。

　そうして十日近く経った頃、栞は商店街で、優希の姿を見かけた。その日はたまたま仕事が早く終わり、まだ商店街に夕方のにぎわいが残っている時刻に帰ってきていた。夕食の買い物をせわしなくしている人たちのなかに、優希の小さくまるまった背中があった。

「こんばんは」

　栞は声をかけた。優希は栞に気づいて足をとめ、「こんばんは」とうつむきがちに返した。制服姿の優希は、水沢文具店の袋を大事そうに抱えていた。その代わり、今日はラケットケースを肩にかけていなかった。

「今日は早いね。部活はお休み？」

　優希はノートが入っているらしい袋をギュッと胸に抱いて、小さくかぶりを振った。部活はあるが、行かなかったということらしい。

「そっか……」

　なんと言っていいかわからないまま、栞は口をつぐんだ。それから、彼女が持っている袋を見つめてそっと問いかけた。

「お話、書いてもらえた？」

　すると、優希がぱっと顔をあげた。

「はい。ちょうど今日も、続きを取りに行ってきたんです」

「続き？」

「一話ずつ書けたところで読ませてもらっているんです。読み終わったらまたノートを預けて、続きを頼んでいて……長い話だから、そういう風にしようって、店主さんが提案してくれて」

「そんなに長いお話なの？」

栞は少し驚いてたずねた。自分のときは、短編の小説をひとつ書いてもらっただけだった。

「はい。いつも気づくと夢中になって読んでいて、読み終わると早く続きが読みたいなって思うんです……部活に行くよりも、このお話を読み返している方がずっと楽しくて。そんな風に思うようになったら、部活がますます嫌になってきちゃって……それで最近は、休んでばかりいるんです」

優希の声は、徐々に小さくなっていった。どこか自分を恥じているかのようだった。白い息を吐き、ノートが入った袋に、また視線を落としている。

栞は優希と別れたあと、そのまま龍臣の店に立ち寄った。

硝子戸を開けると、いつものように、小上がりでは子供たちが集まってにぎやかにしていた。文斗や常連の子たちが「あ、栞姉ちゃん！」と気づいてあいさつをしてくれる。栞はみんなに手を振り返し、カウンターにいる龍臣に目をむけ、びっくりしてしまった。

龍臣は、堆《うずたか》く積まれたたくさんの本に囲まれていた。それだけならたまにある光景だったが、今日の龍臣は、店番中にもかかわらず、倒れ込むようにカウンターの上につっぷしていた。少しクセのある黒髪が、いつも以上にはねている。

「あの、大丈夫ですか？」

栞は思わず声をかけた。龍臣は小さく唸《うな》り、ゆっくりと頭を起こした。目をすがめてこちらを見たあと、ようやく自分が眼鏡をかけていないことに気づいたらしく、本のなかから手探りで眼鏡を探しあてた。

「……すみません、店番中なのに寝てしまっていたみたいで」

龍臣は、子供のように目をこすりながらぼやけた声を出し、眼鏡をかけた。いつも黙々と、そつなく仕事をこなしている龍臣にしては、本当にめずらしいことだった。

「なんだか、かなり疲れているみたいですけど、体の具合でも悪いんですか？」

心配になって栞はたずねた。龍臣はさりげなくあくびをかみ殺した。

「たんに寝不足なだけですよ。最近、毎日夜中まで起きているんで。高橋さんに頼まれた小説を書くために……話が、思ったより長くなってしまって。三日おきにあの子が店に来るから、それに合わせて続きを書いて渡しているんですけど……あれくらいの年の女の子が面白いと思うような話を考えるのが、思った以上にすげえ大変で」

話しながら、龍臣はまたうつらうつらしている。言葉遣いまで通常よりも気が抜けているみたいだった。なんだか、文具店の店主というより、締め切り間近の小説家にでもなっているように、栞には見えた。

優希ちゃん、部活に行かなくなったみたいなんです。水沢さんは、そのことを聞いていますか?

そうたずねたくて立ち寄ったのだけれど、栞はなんとなく思いとどまった。龍臣はきちんと真剣に優希のための物語を考えているようだった。そこに自分が口をはさんでいいのか、わからなかった。


それから数日が経った夕方、栞は再び優希に会った。

彼女は水沢文具店でノートを受け取り、帰る途中のようだった。呼び止めて少し話をすると、新しくノートを買って、また続きを頼んだのだと、栞にぽつぽつと話してくれた。ということは、龍臣の書く物語はついに二冊目にまで及んでいるらしい。けれどそのこと以上に、栞は目について、気になったことがあった。

平日にもかかわらず、優希は制服を着ていなかった。

栞の問うような視線に気がついたのか、優希は下を向いたまま、小さな声で言った。

「今はもう、学校にも行っていないんです……」

彼女自身もそのことを後ろめたく思っているのが、声の響きから伝わってきた。

はじめて出会った頃の優希から、バドミントンのラケットが消えて、制服が消えた。彼女は部活に行かなくなり、学校も不登校になってしまった。その代わりのように、今は若草色のノートを大事そうに胸に抱えている。

（水沢さんは、この子にどんな話を書いてあげているんだろう……この子の変化を、ちゃんとわかっているのかな）

栞は落ち着かない気持ちで、うつむいている優希の細い肩を見つめていた。この変化が彼女にとって、いいことなのか悪いことなのかわからない。

教師をしている栞からすると、子供が不登校になるというのは一大事だった。一度学校に行かなくなってしまった生徒は、そのまま戻れなくなるケースが多いのだ。優希自身にも、かなり戸惑いや罪悪感があるようだった。

栞は気がかりで、龍臣にこのことについて聞いてみた方がいいのか考えた。

そして翌日の朝、仕事の前に店に立ち寄ろうとした。けれど、店の前まで来たところで、煉瓦《れんが》敷きの道にできている水たまりを見かけて、ふと思いとどまった。水たまりは、薄青い空を、ぼんやりとそこに映している。

硝子戸ごしに店の外からうかがうと、龍臣は、今日もこちらに気づくこともなく、カウンターの上で開いたノートに、黙々とシャープペンシルを走らせていた。

あんなに身を削って、真剣に書いている物語に、読んでもいない自分が意見することはできないと栞は思った。見せてとせがむのも間違っている気がする。渡された話に価値があるかわかるのは、それを彼に頼んだ本人だけだ。栞に判断できることではない。一度、自分にも経験があるからこそ、なんとなくわかるのだった。

(それに、優希ちゃんは読んだお話のことを話すときだけは、少し生き生きした目をしてた)

栞は空を仰いだ。

下を見つめてばかりでは気づかないし、忘れてしまうこともある。それでも、頭上には青く澄んだ空が広がっていた。

クリスマスがいよいよ間近にせまってくると、こんぺいとう商店街も、ひときわ賑《にぎ》わいを見せた。いつもなら日が暮れたあとは閑散とするはずの通りが、ここ最近はたくさんの電飾に彩られている。古いスピーカーからはクリスマスソングが流れて、洋菓子屋ややきとり屋の前では、ケーキやチキンの予約をしている人たちの姿が目についた。生花店の特売で店頭に出されたリースや小ぶりのクリスマスツリーは、通りを行き交う人たちとおそろいに、年に一度の輝く夜を待ち遠しくしているように見えた。

そんな目にも耳にも賑やかな商店街を歩いていたとき、栞は、うしろから声をかけられた。遠慮がちにコートの袖《そで》を引っぱられる。

「あの、お姉さん」

優希だった。

「ああ、優希ちゃん。どうしたの？　今日も文具店に行くの？」

彼女が自分から栞に声をかけてきたのははじめてだった。少し驚いたが、それでも嬉しかったので、栞はほほえんで問いかけた。

「書いてもらっているお話はどう？　やっぱり面白い？」

平日だったが、優希は今日も私服姿だった。ジーンズにムートンのブーツを履いて、紺色のダッフルコートと白いマフラーを身につけている。胸には大事そうに、水沢文具店の袋を抱えていた。袋の口が少し開いていたので、若草色のノートが二冊入っているのが見てとれた。優希は首を振り、吐息とともに答えた。

「書いてもらっていたお話は、この前終わってしまったんです」

「そうだったんだ」

少しさみしそうにしている優希に、なんと声をかけていいか栞が考えていると、優希が、あらたまった口調で先に言った。

「今日はこれから、店主さんに会いに行くところだったんです。お姉さんも、よかったら一緒に来てくれませんか……二人に、聞いてもらいたい話があるから」

「私も？」

栞が不思議に思ってたずねると、優希は栞の目を見返しながら頷いた。


カウンターの席に座る龍臣と、その横にきょとんとしながら立つ栞に向かって、優希は告げた。

「今日は、お別れを言いに来たんです」

栞はびっくりして聞き返した。

「お別れって、どういうこと？」

事態が把握できないままあわてる栞をよそに、優希は落ち着いた声で説明した。

「実は、転校することになったんです。ここからずっと遠くの町の学校に」

「転校？」

「だから、もうこのお店に来ることもなくなっちゃうので……店主さんとお姉さんには、そのこと、ちゃんと話しておこうと思って、今日は来たんです」

龍臣も初耳のことだったらしく、やや面食らった表情をしていた。

「どうして急に？」

優希は自分のムートンブーツの先を見つめながら、話しはじめた。

「私、最近はずっと学校を休んでいたんです。ここでノートに書いてもらったお話が、とても面白くて、読んでいるのが楽しくて……夢中になっているうちに、だんだん、今まで我慢しながら行っていた部活や学校が、ますます嫌になってきちゃって。そうして学校を何日も休むようになったら、今までそっとしておいてくれていたお父さんとお母さんが、学校で何があったのか、きちんと話すように言ってきて」

優希は、コートの裾《すそ》を両手で握りながら語り続けた。その声がほんの少し大きくなる。

「それで、思いきってお父さんとお母さんに、自分が学校でいじめにあっていることを話しました。もう学校には行きたくないって言いました。もしできるなら――ちがう場所に行って、一からまたはじめてみたいって、お願いしたんです」

「ちがう場所……」

栞は繰り返した。数週間前に、顔をうつむけて、明日が来るのがこわいと言っていた女の子が、いきなり大胆な思いがけないことを告げたので、なんだか信じられない気分だった。

優希は、さらに続けた。

「そうしたら、お父さんとお母さんがいろいろと探してくれて、それで親戚がいる東北の小さな町に、私だけ行くことになりました。新学期からそこの中学に通うので、年が明けたらその町で暮らしはじめることになって……だからたぶん、ここに来られるのは、今日が最後だと思います」

栞は少しの間口をつぐんで考えた。しばらくして、優希のことを思いやってたずねた。

「ご両親とは離れて暮らすの？」

優希は少しうなだれながら「はい」と小さく頷いた。そうしていると、はじめてこの店の前で見かけた、心細そうな女の子に戻ってしまったように見える。けれど、優希はそっと顔をあげて語った。

「そのことは、正直言うとさみしいし、不安です。でも、ずっと家にこもっていて、今日より明日が悪くなるんじゃないかってこわがりながら毎日を過ごしているくらいなら……全然知らないところに行ってみたいって、思ったんです。私が知らないものは、きっとこの世界にはいっぱいあるから。ここじゃない場所には、私が自分の居場所だって思えるところがあるかもしれない。たくさん知らないものを見たり、知ったりして、それを探してみたいって思ったから」

栞は、そのときはじめて、この子はもともと人の目を見て話す子だったんだと気づいた。彼女はきちんと栞と龍臣の目を見つめていた。今まで小さく力なかった声は、よく通る澄んだ声をしていた。

最後に優希は、はにかむように視線をさまよわせてから、龍臣に、「店主さん」と呼びかけた。胸に抱えていたノートを掲げてみせ、それからぺこりと頭をさげる。

「私のためだけに、こんなに長いお話を書いてくれて、嬉しかったです。本当にありがとうございました」

龍臣は、肩から力を抜いたように息をはき出した。

「そう言ってもらえて何よりです。かなり苦労したんで」

龍臣はとりたてて優しい顔をせず、率直すぎる返答をした。それでも、優希はほほえんだ。

何回もこの店に足を運んだ彼女は、もうこうした店主の愛想のなさに慣れたのかもしれない。それか……もしかしたら、ノートに書いてもらった物語が、店主のこのとっつきにくさを解消するようなものだったのかもしれない。

彼女がこれほどまで変化したことに、栞は内心ではとても驚いていた。龍臣の横顔を見つめると、黒縁の眼鏡をかけた店主は、その黒い目にかすかな光を宿して、店の硝子戸から出ていく優希の姿を見送っていた。

＊

「水沢さん」

優希が帰ったあとで、栞は思いきって龍臣に言った。

「どうしても気になるので、訊いてもいいですか？」

もう遅い時間だったので、常連の子供たちも、すでに帰ったあとだった。子供たちがいなくなると、この店はとたんに静かになって、しんとした落ち着きのある空間になる。龍臣は、カウンターの上に並べられたたくさんの本を整理しながら、にこりともせずに返した。

「どうぞ」

「優希ちゃんに、いったいどんな話を書いてあげたんですか？」

自分が訊いていいのかなと少しためらったものの、優希の変化の理由を知りたいという気持ちに負けてたずねた。教えてもらえなかったら潔《いさぎよ》く諦めようと思っていたが、龍臣はとくに拒《こば》む様子はなかった。図書館で借りてきたのだろう本を紙袋に収めながら、口をひらいた。

「……どこかちがう世界の話で、あの子と同じ年くらいの女の子を主人公にした、冒険小説です」

栞は、龍臣が片付けている本の背表紙に目をやった。言われてみれば、有名な冒険小説が何冊もあった。それに、世界の様々な国の建造物の写真集や、外国の地図のようなものもある。栞は小上がりから立ち上がって、それらの片付けを手伝いながら、さらに質問した。

「どんな女の子が主人公なんですか？　その子は、どんな冒険をするんですか？」

龍臣は、ちらっと栞の顔を見てきた。もしかすると、自分の書いた物語の内容を人に話すのが恥ずかしいのかもしれない。そう思いつつも栞がじっと待っていると、龍臣は根負けしたように、顔をそらせながらも、話を聞かせてくれた。

「国を追放された主人公が、その身ひとつで旅をして、様々な人に出会って、いろんな国を渡っていく話です。たくさんの困難に行きあたり、そのたびに立ち向かって乗り越えながら、いつか、永住できる国を探すんです」

もともと無口な龍臣は、それ以上詳しくは語ってくれなかった。だから栞は、本の数々を眺めながら、想像をふくらませてみた。優希が、最後に小さなほほえみを見せてくれたこと。自分から学校へ行くことをやめて、新しい場所で一からはじめてみたいと考えたこと。

龍臣は、〝国を追放された〟と話していたけれど、栞はなんとなく、物語の主人公も、自分の意思で旅に出たんじゃないかと想像した。龍臣はその長い物語にこめて、あの子にどんなことを伝えようとしたのだろう。栞は、目を閉じて考えた。

――君の人生は、今ここにあるものがすべてじゃない。明日にむけて旅をして、いつか、君が本当にいたいと望む場所を探してほしい――

「水沢さんは、あの子が遠い町に行ってしまうこと、想像していました?」

栞はそろりとたずねてみた。龍臣はすぐに返した。

「まさか。あの子があんな決断をするなんて、おれも想像してませんでした」

「そうなんですか」

栞は少し残念に思った。それなら自分の想像ははずれたかもしれない。そのとき龍臣がカウンターの席から立ち上がって「ただ」と言葉を続けた。

「おれも、つらいときに冒険小説を読んだんです。大学の頃、他にできることもなくて、とにかく本ばかり読んでいた時期がありました」

左足を引きずって店内を歩き、棚の商品の並びを整え、店じまいの準備をしながら、龍臣は静かに語った。

「ああいう話って、次から次へと主人公に困難が襲いかかってくるんです。それをどんなふうに乗り越えていくのか、続きが気になって、いっときだけれど、読んでいるとつらいことを忘れられた。何度くじけても突き進む主人公たちの姿に、自分もこうできるかもしれないと思わされた」

棚のペンスタンドにあった、たくさんの花が咲く柄のシャープペンシルを手に取って、龍臣は、まるで自分自身にむけるようにつぶやいた。

「逃げることは、悪いことじゃない。それは心持ち次第で、旅立つことと、ほとんど同義にできるんじゃないかと思うんです」

金飾りの万年筆

――清一

二月の空気はしんと冷たく、吸い込むと胸の内がひやりとした。空は青々とよく晴れている。けれど、いつも店の前にできる水たまりは、今日は空を映《うつ》してはいなかった。日陰にあるせいか、わずかに残っていた水がまるで凍えて身を縮めてしまったかのように、白い霜に変わっている。

「たつ兄《にい》、これカッケー！」

文斗《ふみと》の元気な声が店内に響く。その手にはボールペンがあった。プラスチックの軸《じく》のなかに透き通った液体が入っていて、そこに宇宙飛行士や星や月が浮遊しているデザインだ。

カウンターの席から龍臣《たつおみ》が返す。

「それ、三百円だぞ。小遣《こづか》いで買えるのか？」

「まけて！」

「駄目だ」

「けちー」

文斗は下唇をつき出し、渋々《しぶしぶ》小さな財布のなかから百円玉を数えて龍臣に手渡した。龍臣が「まいどどうも」と言ってボールペンを袋に入れて渡す。受け取ったとたんに、文斗は下唇を引っ込めてにかっと笑った。

今日は日曜日ということもあってか、店に来ている子供たちは少なかった。栞《しおり》が訪れたときには、文斗とその友達の遥希《はるき》の二人だけだった。

栞はそのやり取りを眺《なが》めながら笑った。店内を歩き、棚に並んだ新商品をチェックする。

絵本の表紙のようなパッケージと、それぞれの色あいがやさしいドイツ製のクレヨン、まるで宝のありかでも示すような、古い海図がモチーフの下敷き、一見ミニカーのように見えるアメリカ製の鉛筆削り。それに、今まで見たことのない小さな銀の缶ケースに入った付箋を発見した。ツバメが世界を旅する様子を表しているようで、いくつかの柄がセットになっている。自由の女神やエッフェル塔、ピラミッドなどの周りを飛ぶツバメの絵が大小様々な付箋に描かれていて、かわいらしい。栞は目を輝かせてそれを手に取った。そのとき、すぐうしろで硝子戸が開き、外の冷たい風が吹き込んできた。

「……本当に、こんな張り紙あるんだな」

低くつぶやく声が聞こえた。ふり返ると、この店を訪れる客にしてはあまりなじみのない、若い男の人が立っていた。

二十代の後半くらいだろうか。栞よりも少し年上に見えた。グレイのショートコートに黒いボトムスを着た、すらりと背の高い人だ。すっきりとした短髪で、少しきつめの眉と切れ長の一重の目をしている。栞はその人を、どこかで見たことがあるように感じた。

内心で首を傾《かし》げながらも、栞は買いたい商品をいくつか手に取って、カウンターにむかった。龍臣が、子供たちから栞に視線を移す。

「今日来てもらえてよかったです。頼まれていたチョークを仕入れたので、ちょうど連絡しようと思ってました」

龍臣は、カウンターの下から箱を取り出して栞に見せた。龍臣の手がふたを開けると、新品の十二色のチョークがそこにきれいに並んでいた。栞は思わず笑顔になった。

「助かります。もうすぐ使い切ってしまいそうだったから」

文斗と遥希が「なになに？」と興味津々にのぞき込んでくる。二人は口々に声をあげた。

「すげえ、チョークなのにたくさん色がある！　栞ねーちゃんって、学校の先生なんだよね？　これでいつも授業してるの？」

「いいなあ。栞ねーちゃん優しいし、楽しいし、おれも栞ねーちゃんの授業受けてみたい！」

「本当に？　そう言ってもらえるのはうれしいな」

栞は照れた。自分が受けもっている生徒と同学年の文斗たちに、そんな風に言ってもらえるのはなんだかほっとするし、ありがたかった。

子供たちが元気に手を振って帰っていくと、にぎやかだった店内が静けさを取り戻した。龍臣が栞の購入する品を会計する間、栞は話しかけた。

「このお店の商品って、全部龍臣さんがセレクトしているんですか？」

レジを打ちながら、顔をあげずに龍臣が答える。

「まあ、そうですね。一応おれの店なので。どうしてですか」

「あ、ええと、かわいいものとか、すてきなものがたくさんあるので……」

こういう大人の女性や子供が好きそうな品々を、龍臣が選んでいるというのが意外なのだ……とはさすがに本人には言いづらくて、栞は笑ってごまかした。龍臣なら機能性重視で質の良い、シンプルなものばかりを好んで取り揃えそうな気がするのだが。かわいらしいツバメの絵柄の付箋を、いつもの気難しげな顔つきをしながら売りものとして選んでいる龍臣の姿を想像すると、ちょっとおかしい。龍臣は栞の買った品を袋に入れつつ、真面目な口調で返した。

「世話になっている卸《おろし》の取り扱いに、そういうものが多いんですよ。あなたがよく買ってくれているものは、ほとんどその卸から仕入れている商品です」

「そうだったんですか」

栞はまばたきをしながら言った。自分が買っている文房具が、どうやってこの店の棚に並ぶのか今まで知らなかった。文具店という職業は、自分には未知の世界だったので、なんだか感心してしまう。

「とくにうちで扱っているノートは、すべてその卸から仕入れているんです。海外に足を運んで、気に入ったノートを買いつけてくるのが趣味の人で」

「ああ、だからここには、他では見かけないノートがたくさんあるんですね」

栞は納得して言った。この店の壁際にディスプレイされているのは、色合いも、柄《がら》や絵も、素朴な懐《なつ》かしさがあるのに、日本では見かけないようなデザインのものばかりだった。表紙の綴《つづ》りが読めないものはどこか遠い国を連想させて、まだ何も書かれていないにもかかわらず、すでに物語がつまっていそうな趣《おもむき》がある。

栞はあらためて棚に並ぶノートに目を向けようとして、さっき店に入ってきた男の人が、いつの間にかすぐそばに立っていることに気がついた。

「こんにちは。君、学校の先生？　ずいぶん子供たちに好かれているね」

にっこり笑いながら、いきなり男の人が話しかけてきた。栞はびっくりしつつ、その人を見上げた。

「あ、はい……小学校の先生をしています」

近くで見るとまるで俳優のように整った顔立ちの人だった。その人は、レジのカウンターへ身をのり出して、栞の買った文房具類を眺めた。

「へえ、十二色のチョーク。これで授業したら、たしかに子供が喜びそうだな」

「そうですね……黒板に絵を描くと、みんな喜んでくれます」

「そっか。でも、こういうのって自費で買うんだろ？　生徒思いの先生だね」

「……ありがとうございます」

まったく初対面の男性を相手に、どんなリアクションを取っていいかわからず、栞はあいまいに答えた。男の人は栞のそんな様子を見て、さらに人懐こい笑顔を向けてきた。

「ああ、ごめん。いきなり知らないやつに話しかけられたらびっくりするよな。おれ、間《ま》宮清一《みやせいいち》っていうんだ。君は？」

「藤原《ふじわら》栞です」

どこかで聞いた名前だな、と思いながら栞は名乗った。そのとき、龍臣が口をひらいた。

「苗字、藤原っていうんですね」

いきなり龍臣は、栞にむかって、ちょっと的外《まとはず》れなことを言い出した。

「子供たちが呼んでいるから、下の名前は知っていたけど、苗字は知りませんでした」

「え、そうだったんですか？」

栞は思わず訊き返した。

「私、ちゃんと名乗ったことありませんでしたっけ？」

「連絡先を教えてもらったときは、メールアドレスを紙に書いてもらっただけなので、本名は訊きそびれていました」

そういえば今まで龍臣には、〝あなた〟としか呼ばれたことがなかった。苗字を知らなかったから、そう呼んでいたということらしい。栞の方は、いつの間にか龍臣のことを、子供たちにならって下の名前で呼ぶようになっていたけれど……馴れ馴れしかったかなと、今さらながら心配しだした栞の前に、間宮清一と名乗った男性がすっと立った。彼は龍臣に笑みをむけた。

「野暮《やぼ》な店主だなあ。せっかく人がナンパしてるんだから、邪魔しないでほしいんだけど」

「……なんぱ？」

普段あまり身近でない言葉だったので、栞は意味を理解するまで数秒かかった。一方の龍臣は、無表情のまま淡々と応じた。

「こんな古びた小さな店で、ナンパなんて場違いだと思いますが。商品を買う気がないなら出てってください」

清一は両手をあげてみせた。

「冗談だって。こわいな。ていうか、こんなに堅苦しくて融通のきかなそうなやつが、オーダーメイドの小説を書いているなんて、信じられないな」

栞は、そのときようやくはっとした。この男の人が誰なのか、思い出したのだ。

「あ、あの、もしかして、作家の間宮清一さんじゃないですか？」

栞は声を高くして言った。すると男の人は、栞にむけてにこりと笑った。否定しない。どうやら本人のようだった。

間宮清一は、かなり名の通った若手の小説家だ。大学在学中、十九歳のときに書いたデビュー作で、いきなり文学賞を受賞したという経歴を持っている。サスペンスからファンタジー、恋愛ものまで幅広いジャンルを手掛けていて、最近では映画化されているものも多い。本人のルックスがいいこともあって、テレビや雑誌でもよく取り上げられていた。

栞も、何冊か彼の本を読んだことがあった。繊細な文章が印象的な、優しい物語が多かった気がする。テレビで観た姿は知的で落ち着いた雰囲気だったので……すぐにはわからなかった。冗談を言ったり、ナンパをしたりするような人物像を、あまり想像していなかった。

清一は、龍臣に向ける目を細めた。

「おもてに、変わった張り紙があるのを見たよ。噂で聞いた通りだな。ここでペンとノートを買って物語をオーダーすると、悩みを解決してもらえるって聞いたんだけど」

「そんな噂はデマですよ」

龍臣はかすかに眉をひそめながら、言い放った。

「おれは、たしかにノートとペンを買ってくれた人に、希望されれば話を書いていますけど、おれの書いた話で悩みが解決するなんてことはないです。現実的に考えて、そんなのありえないじゃないですか」

「ふうん。でも、おれが聞いたのはそういう話だったけどな。だからおれも、そのオーダーメイドストーリーってのを書いてもらいたくて、この店に来たんだ」

コートのポケットに両手を入れ、相手を検分するように眺める清一は、あまり真面目な様子には見えなかった。龍臣は目をあげてきり返した。

「あなたに悩みがあるようには、まったく見えませんけど」

(龍臣さん、その言い方は……)

さすがにまずいんじゃないかと、栞は思った。清一は、しばらく黙ったまま、カウンターの席に座る龍臣を見下ろしていた。それから急にきびすを返したので、怒ってそのまま帰ってしまうのかと栞は思ったが、清一は棚からノートとペンをつかんで戻ってきた。それを龍臣の前に置く。彼が選んできたのは、キャップの縁とクリップ部分に金の装飾が施された黒い万年筆と、文庫本くらいのサイズでハードカバータイプの、無地で落ちついた紺色のノートだった。

「さっき言われた通り、おれは作家だ。でも、最近は小説が書けなくて行き詰まってる」

清一は、試すような笑みを龍臣に向けた。

「そんな悩みを抱えているおれに、そのオーダーメイドストーリーってやつを書いてくれないか？」

栞は、はらはらしながら二人の様子を見守った。清一はずっと笑っているものの、どこか不穏な雰囲気を漂わせていた。龍臣はそんな清一を、眼鏡《めがね》の奥からじっと見返している。

そのときだった。カラカラと店の硝子戸《がらすど》が開く音がした。

「……龍臣？」

おぼつかなげな声が、店内に響いた。見ると、戸口に背が高くがっしりとした体格の男の人が立っていた。栞や龍臣と同世代くらいに見える。その人に目を向けたとたん、龍臣がいきなり立ち上がった。めずらしく驚いた表情をしていた。

「陽太《ようた》」

「久しぶりだな。高校卒業以来か」

陽太と呼ばれた人は、強張《こわば》った顔つきをしながら口をひらいた。龍臣が言った。

「どうしてここに？」

「お前の実家に行って、おふくろさんに話を聞いたんだよ。じいさんの店を継いだって？ていうか、お前、携帯の番号もメアドも全部変えちまって、おれらと連絡取れないようにしやがって」

その人は龍臣の前まで歩み寄ると、どこかに痛みを感じているかのような表情になった。

「変わったな……あれからもう、野球にはまったくかかわっていないのか」

龍臣は何も言わずに、陽太の視線を避けるように目を伏せた。それから陽太は、ふと栞と清一の方を見て気まずそうな様子になり、こちらにぺこっと頭をさげた。

「……わりい。仕事中だよな。あとで出直す」

すると龍臣よりも早く、清一がさっと声を発した。

「いや、平気ですよ。こっちの用件はもうすんでいるんで」

清一はコートのポケットから財布を取り出すと、名刺と代金を龍臣の前に置いた。

「じゃあ、たしかに注文したからな。書きあがったらここに連絡くれ。取りに来るから」

清一は一方的にそう告げると、あっさりと背をむけて店から出ていってしまった。栞は陽太の顔をうかがい、龍臣が手に持っていた、自分が買った商品の袋をそっと受け取った。

「私も、帰りますね」

栞は陽太に小さく頭をさげて、話の邪魔をしないように店をあとにした。会話を少し聞いた限りでは、あの陽太という人は、龍臣の高校の友人のようだった。


栞が店を出ると、すぐそばの街灯に背中を預けて、清一が立っていた。栞が店から出てくるのを待っていたかのように、話しかけてくる。

「あいつ、客に対する態度が悪すぎない？」

栞は一瞬戸惑ったものの、清一の問いかけに答えた。

「龍臣さんは、いつもあんな感じですよ。誰に対してもあまり愛想はよくないけど、とくに敵意があるわけじゃないんです」

「ふうん、そうなんだ」

清一は頷《うなず》いたものの、なぜか笑みを浮かべて首を少し傾《かし》げてみせた。「君、これからどこに行くの？」とたずねてくる。

栞は自分のアパートとは逆の、商店街の方向を指さした。夕飯の買い物をしてから帰ろうと思っていたのだ。すると清一に「おれも駅まで行くから、少し一緒に歩こう」と誘われた。同じ方向に行くのに断るのも変に思えて、栞は清一と並んで歩き出した。

　清一が再び口をひらいた。

「まあ、あいつの態度に文句をつける前に、おれも悪ふざけがすぎたかもしれないな。だけど、初対面のやつの人間性を知るには、ちょっと挑発して反応をみるのが一番手っ取り早いんだ。おれはあいつがどんなやつか知りたかった。普通に客として話しかけたんじゃ、そういうのはわかりにくいだろ？」

　同意を求められて、栞は曖昧に頷いた。内向的な栞とは反対に、間宮清一は自分の意見をはっきり口にするタイプのようだった。それにどこか人を惹きつける、軽やかで淀みない話し方をする。「でも」とふと真顔になって、清一は栞の方を向いた。

「それで無関係な君をからかうような言動をしたのは、確かにわるかったな。ごめんね」

　今までの少し軽薄そうな印象とは裏腹に、その〝ごめんね〟は素直な言い方だったため、少し警戒心がとけた。それで栞は、言おうかどうしようか迷っていたことを口にした。

「あの、間宮さんの書いた本、読んだことがあります。SF小説の『風と雲海』は先の展開が予想できなくて、ハラハラして、夢中になって読みました。あと『雨のかけら』はちょっとさみしいけれど、希望のもてる物語で……他にもいくつか読みましたが、どれも感動しながら本を閉じたのを憶えています」

清一は、少しの間黙ったあと、うつむいて笑った。

「ありがとう。そう言ってもらえるのは嬉しいよ」

二人はしばらく無言で商店街の通りを歩いた。今までよくしゃべっていた清一が、急に静かになったので、栞は、何か気に障《さわ》るようなことを言ってしまったかなと心配になった。するといきなり、つぶやくように問いかけられた。

「栞ちゃんはさ、今の自分と過去の自分、どっちがましか考えたことある？　人間は生きたぶんだけ、いろんなことを経験して、考えて、理論上は成熟していくはずだ。それなのに、過去よりも今の方が劣《おと》るってことが、あると思う？」

なんと答えていいかわからず、栞は困惑して清一の目を見返した。清一はすぐに笑って言った。

「困らせちゃったかな、ごめん。忘れていいよ」

それから清一は、唐突に話題を変えた。

「そういえば、君とあいつ、親しげに見えたけど、どういう関係？」

栞は、なんとなくこの間宮清一という人は、龍臣と対極のような人だなと感じた。龍臣はある意味とても正直で、他人に対して媚《こ》びたり嘘をついたりしない。心から楽しいことでなければあの人は笑わないだろう。一方で清一は、自分の本心を他人に見せないよう、明るく見える殻《から》をわざと被《かぶ》っているように思えた。作家の間宮清一が書いている純粋で優しい物語と、実際の彼の印象にギャップがあるように感じるのは、そのせいかもしれない。

〝小説が書けなくて行き詰まってる〟

栞は、彼がさっき龍臣に言っていたことを思い出しながら言った。

「私も、間宮さんと同じですよ。以前龍臣さんに、オーダーメイドのお話を書いてもらったことがあって、それからよくあのお店に通っているんです」

商店街の入り口にある古びたアーチの下まで来たので、栞はそこで足をとめた。数歩先を歩いていた清一がふり返る。

「それなら、あいつに話を書いてもらって、君の悩みも解決した？」

栞は考え込んだ。

「どうでしょう……よくわかりません」

「変な返し方だな」

清一が吹き出すように笑った。

「でも、答えが〝いいえ〟じゃないぶん、少しはあいつに期待してもいいのかな」

清一は〝期待〟と口にしたわりに、それとはかけ離れた冷たい言い方をしていた。そうして栞にまたにっこりと笑みを向けると、アーチの下を抜けて、駅の方へと歩いていった。

今日は家で片付ける仕事もなかったので、久しぶりに自炊しようと、栞は商店街の店をまわった。ロールキャベツが食べたくなったのでキャベツとひき肉を買い、ついでに薬局で詰め替え用のシャンプーやコンディショナー、洗剤もそろえる。一度にすませようと欲ばったせいで、買い物袋が思っていた以上に重くなってしまった。

両手に食い込むほど重たい荷物をさげて、早くうちに帰ろうと、栞が商店街の通りを引き返していると、すれちがった人に突然声をかけられた。

「あの、君、さっき龍臣の店にいた人だよね？」

相手の顔を見ると、龍臣の友人らしい男の人——陽太だった。その人は立ち止まった栞を見下ろして、いきなり話しかけたことを取り繕《とつくろ》うように、慌《あわ》ててつけ足した。

「ちょっと教えてほしいんだけど……君、あの店によく行く？」

栞は、背の高い陽太を見上げた。筋肉がついたがっしりした体格に、角ばった顔をしていたが、よく見ればそんなに強面《こわもて》ではなかった。小さな目に愛嬌がある、おおらかそうな人だった。

「はい、よく行っていますが」

「そう。あのさ、あいつって、いつもあんな感じなの？」

栞は、陽太の言っている意味がよくわからず、確認するように言った。

「あいつって、龍臣さんのことですか？　とくにいつもと変わった様子はなかったですけど」

「そうか……」

陽太はつぶやき、苦《にが》い物でも飲み下したような表情になった。

栞は、自分でも無意識にもの問いたげな目をしていたようだった。陽太が気づいたように言った。

「いきなり話しかけちゃってごめん。おれ、清水《しみず》陽太っていうんだ。あいつとは高校の同級生で、野球部でバッテリーを組んでた。あいつがピッチャーで、おれがキャッチャー。君は知っているかな。龍臣、むかしは結構有名な高校生投手だったんだよ」

栞は小さく頷いた。

「そうみたいですね。私も、少し話を聞いたことがあります」

栞がそう返すと、陽太は一瞬意外そうな顔をした。それから彼は少し考えるように口を閉じ、やがてあらためた口調で、また話しはじめた。

「おれ、今日久々に龍臣に会ったんだけど……あいつの変わりように、かなり驚かされた。むかしは明るくてよく笑うやつだったんだ」

陽太は肩にかけていたバッグを探り、取り出した携帯をしばらく操作すると、栞に見せた。

「ほら、これ」

それは、携帯で撮影したらしい写真だった。野球のユニフォームを着た数人の男の子たちが写っている。きっと野球部の部員たちだろう。みんなに押し出されるようにして、手前の真ん中に写っている少年がいて、栞はその子に目を奪《うば》われた。今より少し幼い顔をしているし、髪が短いし、眼鏡もかけていないけれど、それが龍臣だとすぐにわかった。仲間たちに囲まれて明るく笑う、今からは想像もつかない龍臣がそこにいた。

「あいつ、高校三年の六月に事故に遭《あ》ったんだ。自転車に乗っていたところに、飲酒運転の車が突っこんできて……奇跡的に命は助かったけど、投球するときに踏み出す足……左足が不自由になった」

栞は沈んだ陽太の声を聞きながら、写真から目が離せないでいた。栞の知っている龍臣は、前髪や眼鏡に隠れて表情が曖昧で、眼鏡の奥の瞳にも、翳《かげ》を含んでいるような人だった。それなのにこの写真のなかでは、日に焼けた快活そうな顔で、仲間たちとふざけ合いながら、まぶしいくらいの笑顔でいる。

「あいつは誰よりも野球が好きで、夢を実現しようと、人一倍努力をしてたんだ。でも結局、甲子園にも行けなかったし、プロにもなれずに、野球を手放すことになった——おれたちの代は強かったから、いまだに野球を続けているやつが多くて……だからかな。龍臣のやつ、高校を卒業してから、おれたちのことを避けて、連絡先も変えてどこかに行っちまって」

陽太の口調には、やりきれなさがにじんでいた。

龍臣は、自分のことを多く語らない。それでも、彼がこれまでの人生で大切なものを失くしている人だということは、栞もなんとなく察していた。そしてこの写真を見て、龍臣が過去に失ったものの大きさがわかったような気がした。

栞が画面を見つめたまま黙り込んでいると、陽太は栞の顔をじっと見て、いきなり突《とっ》拍子《ぴょうし》もないことを言ってきた。

「あのさ、君、龍臣の彼女?」

栞はびっくりして顔をあげた。

「ちがいます。ただのお店の常連です」

「そうなの?」

陽太は、なぜかがっかりしたように肩を落とした。

「でも、この際それでもいいかな……あいつと親しいことに変わりないなら。実は、ひとつ頼みたいことがあるんだ」

陽太は、栞が返した携帯を受け取り、話を続けた。

「あいつを、今度の日曜に、荒川《あらかわ》の河川敷《かせんじき》にある墨田《すみだ》野球場ってとこまで連れてきてほしいんだ」

「野球場？　私がですか？」

陽太は真剣な目をして頷いた。

「実はおれ、そこで週二回、小学生の野球教室の監督をやっているんだ——今日ここに来たのは、やっと龍臣の居所がわかったからで、それとはべつに関係なかったんだけど……あいつの顔を見たらふと思いついて。さっき龍臣に、その野球教室のコーチをやってみないかって話をしたんだ。思っていたよりも教える子供たちが多くなって、おれひとりじゃ手にあまっているから」

陽太は複雑な面持《おもも》ちをしていた。

「でも、断られた。おれにはできないからって。できないんじゃなくて、おれが知りたいのは、あいつにやりたい気持ちがあるかどうかなんだ」

「でも、龍臣さんが断ったのなら……やりたくないんじゃないですか？」

栞はそっと言った。けれど陽太は確信ありげに首を振った。

「やりたくないわけじゃないよ。あいつは、見ないようにしているだけだ。たぶん、今のあいつがあんな風に、高校の頃とは別人みたいになっちまったのは、野球を手放したからだと思うんだ。龍臣は……本当に才能があるやつだったんだよ。それに、何より野球が好きだった」

陽太は言葉をきり、龍臣の店の方へ視線をむけた。

「もうプレイできないあいつに、野球をしている子供たちの指導を頼むのは酷なことかもしれないし、もしかしたらこういうのは、余計なお世話ってやつなのかもしれない。だけど、あんなに変わっちまった龍臣を見たら、放っておけなくて……あれだけ野球が好きだったあいつだから、諦めるんじゃなくて、別のかたちでとり戻す道もあるんじゃないかって思ったんだ。龍臣に、もし少しでもそうしたいと思う気持ちがあるなら――一度だけでも、そんな道もあるんだってことを、あいつに見てもらいたい」

栞は、陽太の言い分を聞いて考えた。控《ひか》えめながら思ったことを口にした。

「それなら、きちんとそう話して、陽太さんが連れていった方がいいんじゃないですか？」

それがさあ、と陽太はたちまち弱った顔になった。

「むかしから、あいつはおれが世話を焼けば焼くほど強がるんだよ。満塁に追い込まれたときにマウンドに駆け寄っていっても、『来んなバカ』って追い返すようなしょうもないやつで。おれがこれ以上言ってもたぶんヘソ曲げて来ない。だから君に、自然に連れ出してほしいんだ」

栞は、陽太の考えをのみこんだうえで、問いかけた。

「でも、どうやってですか？」

「口実はなんでもいいよ。女の子に休日に一緒に出掛けようと誘われたら、あいつだって無下《むげ》にはできないはずだし」

「……え」

「頼む、お願いします」

大柄な陽太に頭を下げられて、栞は両手に買い物袋を提げたままうろたえた。

龍臣のことを思いやる陽太の気持ちは理解できた。そのために龍臣を連れ出してほしいという頼みも、引き受けていいと思っていた。

（だけど、自然に誘えと言われても）

陽太が言うように、休日に一緒に出掛けようということは、つまり表向きにはデートに誘うということだ。栞と龍臣は、いつも水沢文具店の店内か、商店街の通りでしか顔を合わせていなかった。お互い連絡先は知っていても、とくに個人的なメールのやり取りもしていないし、前に龍臣に相談を持ちかけられて、外で会ったことはあるが、それは特殊な事情があったからだった。つまり、よく行く店の店主と客。そうとしか言いようのない関係なのに、いきなり自然にデートに誘うというのは……その時点で不自然なのではないかと栞は悶々《もんもん》と考えた。

栞の友達のなかには、付き合っていなくても、男の人を気軽に誘って遊びに行く子もいる。けれど栞の場合、それができるような性格をしていなかった。それに就職してからというもの、毎日の仕事をどう乗りきるかばかり悩んでいたので、そういう方面のことからは、すっかり遠ざかってしまっていた。

（どうしよう……ハードルが高い）

そんなことを考えながら、栞は商店街の道を下を向きながら歩いていた。もう金曜の夜だった。陽太との約束は日曜なので、いい加減龍臣に声をかけなければならない。職場から帰宅する道すがら、口実や台詞《せりふ》に悩んでいるうちに、気がつけば店の前に着いてしまっていた。

栞は、しばらく躊躇《ちゅうちょ》したあと、いつものように硝子戸を開いた。

「こんばんは」

「あ、栞ちゃん」

小上がりの方から声がしたので、てっきり子供たちに呼ばれたのかと思った。でも、その声は耳に慣れているものより低かった。

「間宮さん？」

栞は驚いた。小学生の子供たちに交じって、間宮清一が小上がりに座っていた。笑顔でこっちに向かって手をあげている。

「どうしたんですか？　もしかして、もうお話を書いてもらえたんですか？」

清一は片手を振った。

「ちがうちがう。あいつに呼び出されたんだよ。どんなことを書くか考えるから、お前の話をきちんと聞かせろって言われてさ」

清一が顎《あご》で示した先では、龍臣が足を引きずりながら店内を歩き、乱れた商品の陳列を直していた。こちらに背をむけたまま龍臣が言う。

「それをしないと、おれは話が思い浮かばないんですよ。何もないところから物語をつくれるような作家とはちがうんで」

「なんだそれ、イヤミか。おれは近頃それができなくなって困ってるってのに。だからこそお前の書く小説で、早くこの苦しい状況をなんとかしてほしいんだけど」

冗談なのか本気なのかよくわからない調子で言う清一に、龍臣は、棚の奥にむかってぼそっと言った。

「苦しそうには全然見えねえけど」

「は？　何か言ったか？」

清一は笑顔で低い声を出した。そんな清一の背中に、いきなり文斗と遥希がのしかかった。

「ねえ、清一兄ちゃん！　プロレスごっこの続きしようよ！」

「いってー……お前ら、さっきから容赦なさすぎ。こっちはずっと引きこもって仕事してる人間だぞ。体力ないんだよ」

そう言いつつも、清一は畳の上で、体によじ登ってくる子供たちを、怪我をしない程度に転がしたり振り回したりしている。子供たちは声をたてて笑いながら清一にまとわりついていた。意外にも、子供に好かれるタイプらしい。

「なんだか、いつにもまして賑《にぎ》やかですね。みんなも楽しそう」

栞は龍臣のそばに近づいていって、半ば感心しながらつぶやいた。龍臣はノートをディスプレイしていた手をとめ、小上がりの方へ視線を向けた。

「相手をしてくれる大人がいて、嬉しいんだと思います。本来子供って、ああいう活発な遊びが好きなもんですから。おれはこんな足なので、子供たちも遠慮してからんでこなかったんですよ」

龍臣は何気なく言っていたのかもしれないが、その言葉は、栞の胸に重い余韻を残した。

栞はひとつ息をついてから、きり出した。

「あの……龍臣さん」

「はい」

「明後日《あさって》の日曜日の午後、私と一緒に出掛けませんか」

龍臣は、カウンターの席に戻って座った。かなり長い間をあけたあとで、あらためて栞の顔を見た。

「出掛けるって、どこにですか」

「え？　ええと、荒川の河川敷まで……散歩に」

「散歩に行くには、荒川の河川敷は遠くないですか？」

「か、川が見たくて」

「川ならすぐそこに北十間川《きたじっけんがわ》がありますけど」

龍臣は、栞の顔を覗《のぞ》き込《こ》み、不審そうに眉をひそめた。

「藤原さん、どうかしたんですか？」

栞は、穴があったらそこに駆け込みたい心境になった。デートに誘って不審がられるって……この人のなかでは、自分はどんな位置づけになっているのだろう。心が折れた音が聞こえた気がして、自分には陽太の期待した役回りはできそうにないと思った。

「お前なあ、いいかげんにしろよ」

清一のあきれたような声が栞たちの間に割って入った。小上がりから、子供たちを振りきるようにして、髪を乱した清一が近寄ってきた。

「ここの店主は愛想がないだけじゃなく、とんでもない朴念仁《ぼくねんじん》だな。女の子に休日にデートに誘われて、どうかしたんですかはねえだろ」

龍臣は、ちょっとうるさそうに清一の方を見た。

「この人は、積極的にそういうことができるタイプじゃないです。あきらかに無理しているじゃないですか。無理して誘ってくるなんて、何か理由があるからに決まってます」

言いきられたが、たしかにその通りなので、栞は観念した。この時点で陽太の言った〝自然に連れ出す〟というのは、もう不可能になってしまっている。

心のなかで陽太に頭をさげながら、本当のことを龍臣にうち明けた。

「実は、陽太さんに頼まれたんです」

「あいつに会ったんですか？」

意表を突かれたように聞き返す龍臣に、栞は頷いてみせた。

「陽太さん、龍臣さんに、自分が監督をしているチームの練習を見に来てほしいって言っていました。それで龍臣さんを、自然に野球場まで連れ出してほしいって頼まれて」

「陽太のやつ……おれは断ったのに」

龍臣はぼそっと言った。

「でも、すごく龍臣さんのことを心配してましたよ、陽太さん。だから私も協力したくなったというか」

栞は陽太を弁護した。陽太の気持ちもわかるのだ。龍臣と知り合ってから、もう半年近く経っていたが、時々、この人は今までどんな人生を歩いてきたのだろうと思うことがあった。悩みや苦しみを抱えている人に言葉を渡してあげられるのは、きっと、それが理解できるだけの経験をしてきたからだろう。龍臣はそうしたものを、この店のなかでじっと抱えているような気がしていた。よく行く店の店主と客という間柄でも、自分にできることがあるならやりたいと思う。この人には、自分が一番つらかったときに、立ち上がるきっかけをもらっていた。

龍臣は考えるように黙っていたが、少ししてから、口をひらいた。

「わかりました……行きます、その野球教室を見に。一度は行かないと、あいつもたぶん諦めない。執念深いやつなんで」

栞は胸をなでおろした。

「よかった。ありがとうございます」

「あなたが礼を言うのはおかしくないですか？」

そのやりとりを、清一は腕を組んで壁に寄りかかりながら聞いていた。龍臣の方をつくづくと眺めている。

二人が気づいて清一に顔をむけると、清一はにっこりと笑った。それからいきなり栞の肩に手をのせて言った。

「栞ちゃん、これから時間ある？　よかったら夕飯食べない？　おごるから」

「え」

「そいつとデートするなら、おれとも一緒に食事しよう」

返答を考えている間すら与えられず、清一に肩を押されて、栞は戸口の方まで連れていかれた。店を出るときに龍臣の方を見ると、いつもの愛想に欠けた「まいどどうも」の代わりに、あきれたような口調で言われてしまった。

「あなたはもう少し、周りに流されないように注意した方がいいですよ」

言い返せないでいるうちに、硝子戸は閉じてしまっていた。


清一に押しきられるかたちで、栞は商店街のなかにある洋食屋に入った。栞はおいしいと評判のオムライスを頼み、清一はハヤシライスを頼んだ。清一は飄々《ひょうひょう》とした様子でメニューを見たり、店の人と気軽に言葉を交わしたりしている。注文した料理が来て、オムライスをひとくち口にしたあとで、栞は清一に訊いてみた。

「間宮さんは、龍臣さんのことを、前からどこかで知っていたんですか？」

ハヤシライスを「うまいな」と感心しながら食べていた清一が顔をあげた。

「どうして？」

「ずっと龍臣さんに、つっかかるような態度を取っているので。何か思うところがあるのかなと」

清一はすぐには答えなかった。「ちょっと待って」と言って上着のポケットから携帯電話を取り出し、操作しはじめた。さっき子供たちと遊んでいたときとはうってかわって、今は物腰や声の出し方に余裕と落ち着きがあり、大人の男性という感じがした。

「これ」

清一が携帯の画像を栞に見せた。そこには、水沢文具店の戸口に貼られている、一風変わった張り紙が写っていた。

「知人に、あの店主に話を書いてもらった人間がいてさ。その子が、とても〝よかった〟と満足そうに言っていたんだ。おれも物書きだから、そんな文房具屋があることを知って、興味を持った。ネットで少し調べてみたら、他にも、何かしらプラスの感想を語っている人間がいた。それをたどっていくうちに、この画像を見つけたんだ」

〝ペンとノートをお買い上げの方、ご要望があれば話を書きます。オーダーメイドストーリー〟

「ちょうど仕事で悩んでいたときだった。発表した小説が次から次へと酷評されまくってて、売り上げの部数ものびず、出版社からの依頼も減っていて……こっちは、何を書けばいいのかわからなくなっているってのに、こいつはいかにも簡単にオーダーメイドストーリーなんてものを書くと言う。正直ふざけんなと思ったね。こんな張り紙を気軽に、堂々と張り出していることに」

それまで黙って清一の話を聞いていた栞だったが、小さく言い返した。

「気軽では、ないと思いますけど」

「まあ、半分はおれの妬《ねた》みと言いがかりだよな。自分でもわかってる」

清一はあっさりと認めた。グラスに入った赤ワインをひとくち飲む。

「でも、人間って、たとえば他人の感情をコントロールするより、自分の感情をコントロールする方がずっと難しいんだ。君の言う通り、おれは会う前からあいつのことを知って、嫌っていたよ。だから、嫌がらせがてら難題を突きつけてやるつもりであの店に行ったんだ。できるなら、こんなおれを納得させるような話を書いてみろってね」

栞は、清一が飲んだワインの透き通る赤を見つめながら、口をひらいた。

「龍臣さんは……たぶん、苦しんだり悩んだりしている人の気持ちを、ちゃんと理解できる人なんだと思います。最近思うんですけど、龍臣さんがああいうことをしているのって……それができるのって、あの人自身が、何か大きな壁の前で立ち止まっていて、どうやって乗り越えていけばいいのか、考えているからだと思うんです」

だから、生半可な気持ちでやっていることではないのだ。たとえ清一が試すようにノートに話をオーダーしたのだとしても、あの人はきっと手を抜かずに、きちんと考えてくれるはずだ。そういうことを伝えたかったが、言葉をまとめられないでいるうちに、先に清一に言われてしまった。

「まあ、たとえそうだとしても、過去が重荷になっているやつなんて、この世にはいくらでもいる」

清一は手に持ったグラスをかすかに揺らしながら、聞き取りにくいほど小さな声でつぶやいた。

「そんなの、あいつだけじゃない。過去が光れば光るほど、今が影になっている人間は」

それは思わずこぼれた本音のようだった。栞は、龍臣のようにうまく話を聞いてあげられているかわからなかったが、静かに清一の言葉に耳を澄ませていた。すると急に、清一が口調を変えて言ってきた。

「そういえば、栞ちゃんって、おれの書いた本を読んでくれているんだよね。よく言われるんだけど、おれが書いている小説と、おれ自身の印象って、なかなか結びつかないでしょ？」

栞は、控えめに頷いた。

「そうですね……たしかに、少し意外には思いました」

清一は頬杖《ほおづえ》をついてほほえんだ。

「おれはね、この通り、自分勝手でひねくれた人間なんだ。笑って本心を隠して、世の中を斜に見ながら生きている。でも、それでいてものすごく小心者だから、あとで後悔するんだ。あのとき誰かを傷つけてしまったとか、もっとああしていればよかったとか。小説は、そんな後悔を仮定の世界で晴らすツール……きっと、おれの免罪符みたいなものなんだ。もっと純粋で、まっとうな人間でありたかったとか、たぶんそういうことなんだけど」

栞は清一の本を読んだときのことを思い返した。そして、この人に伝えるべきことを言葉にしようと努力した。

「でも、少なくとも私は間宮さんの本を読んで感動しましたよ。だから、どんな理由で書いたとしても、出来上がったものがあんなに素敵なものになるなら、すごいと私は思います」

清一は、しばらくじっと栞の目を見つめた。

「やさしいなあ。栞ちゃん、おれと付き合わない？」

栞は息を吸い込んだまま数秒止まった。それから、困りはてて返した。

「すみません。いつも子供たちしか相手にしていないので、こういう冗談に対する気の利いた返し方がわかりません」

清一は一拍間をあけたあとで、いきなり声をたてて笑った。

「不思議だな。君らは作家のおれでも、思いつかないことを言う」

栞はくつくつと笑う清一を見ながら、君らというのは誰を含むのだろうと首を傾げた。清一は笑いをおさめてから、商店街の通りに面した窓の外に目をやった。

「いや、でも、君らばかりじゃないんだろうな。人はみんな不思議で厄介だ。だからうまくつかめない。売れるもの、人の心に響くものはなんなのか。おれは、どういう小説を書けばいいんだろうな。今は何も浮かんでこないし、楽しくもない……前は、あんなにはっきりと見えていたのに、どこへ向かえばいいのかわからなくなった」

窓は夜の暗さのせいで鏡のようになっていて、外を見通すことはできない。そこに映る清一の顔は、笑みを浮かべていなかった。

＊

日曜日、栞と龍臣は、水沢文具店の前で落ち合うと、荒川の河川敷にある墨田野球場に向かった。二人でプライベートで外出するというのは妙な感じで、駅まで歩く間、何か話をしなくてはと栞はあれこれ考えたが、龍臣にそんなそぶりはなく、相変わらず無口だった。なんだか、店にいるいつもの龍臣とあまりにも変わらないので、肩の力がぬけた。この人とは無理に会話をしなくてもいいのかもしれないと思い、それからは少し気が楽になった。

休日だったが、電車はそれなりに混んでいた。目の前の席がちょうどひとり分あいていたので、栞は龍臣に席をすすめた。けれど龍臣は首を横に振った。

「あなたが座ってください」

「でも」

「足のことなら気にしなくていいです。歩くのは遅くても、立っているのは平気なんで」

にこりともしないまま言われると、なんとなく逆らえないものがあって、栞はぎこちなく席に座った。龍臣は片手で吊革につかまって栞の前に立った。ジーンズと白いセーターの上に、黒いダウンジャケットを羽織った格好で、今日は左手で杖をついている。栞の視線に気づいたらしく、龍臣が説明した。

「少し長く歩きそうなときには、いつも持って出るんです」

栞はたずねた。

「今もまだ、痛むんですか」

「……まあたまに」

彼の声の調子から〝たまに〟じゃなくて〝しょっちゅう〟なんじゃないかと察した。龍臣はいつも率直な物言いをするけれど、何かごまかそうとしているときは少し歯切れが悪くなるということに、はじめて気がついた。

最寄り駅からはやや距離があったので、タクシーに乗って移動した。到着してみると、荒川の河川敷は、都心とは思えないほど広々としていて、黄緑色の短い草が土手からずっと続いていた。二月の中旬ということもあり、まだ春というには早く、川から吹きつけてくる風は冬の名残《なごり》があって冷たかったが、よく晴れた青い空が広がっていて気持ちよかった。

球場からは、小学生の男の子たちの元気な声が聞こえてくる。練習はもうはじまっているようだった。グラウンドで子供たちに指示を出している陽太の姿が見えた。陽太は、栞と龍臣にすぐに気がついて大きく手を振った。

龍臣が、土手からグラウンドへくだっていく前に、ふいに足をとめた。まぶしいものでも見ているように、白いユニフォームを着て球を追う子供たちに目を細めている。少し、表情がこわばっていた。

「龍臣さん？」

栞がふり返って呼びかけると、龍臣は再び杖を突きながら歩き出し、土手をぎこちなくくだった。

二人がグラウンドに着くと、陽太はどこかほっとしたような顔をした。栞は、「ありがとう、恩に着る！」と何度も頭をさげられて恐縮してしまった。自然に連れ出してくれと言われたのに、実は全部本人に話してしまっていたので、逆に申し訳なくなった。

　ここには、小学校一年生から六年生までの子供たちが野球を教わりに来ているという。二十人くらいの男の子たちがいたが、彼らはさっきから興味を示して、龍臣の方をちらちらと見ていた。陽太は子供たちを集めて、練習の指示や注意を告げたあと、みんなに龍臣のことを紹介した。

「今日来てくれたのは、おれの高校の同級生で、同じ野球部だった水沢だ。おれがキャッチャーだったことはお前たちも知っていると思うけど、こいつはピッチャーだったんだ。足の怪我がもとで今は野球をしていないけど、高校の頃は百五十キロ近くの球を投げる速球派で、おまけにかわいくないくらいマウンドでの度胸も据わっていたから、プロの球団にも目をつけられていたんだぞ」

　子供たちが龍臣を見る目に、輝きが加わった。龍臣は顔をしかめて、杖の先で陽太のお尻をたたいた。

「誇大告知すんなよ。調子のりすぎ」

「べつに嘘は言ってねえよ」

　陽太はにやっと笑った。

子供たちの指導をするのに陽太は忙しそうだったので、栞と龍臣は、自分たちで練習の様子を見て回った。栞はというと、あの女の人は誰なんだろう？　という好奇の目を子供たちに向けられて、どぎまぎしていた。陽太は龍臣のことは紹介しても、栞のことは説明してくれなかった。というより、説明のしようがなかったんじゃないかと思う。どうしていいかわからなかったので、とりあえず龍臣のあとについて回った。

龍臣は、投手の子たちが集まって投球練習をしている区画で、長い間立ち止まっていた。高学年らしい子が多く、みんな幼さを取り払ったような顔つきで球を投げている。

栞は圧倒されながらつぶやいた。

「子供でも、こんなに迫力のある球を投げられるんですね」

龍臣はそれまで、何かにとりつかれたように子供たちの姿に見入っていたが、急にこっちを向くと、まばたきをしながら栞に言った。

「さっきから、口開きっぱなしですよ」

栞はあわてて口元を手で隠した。

「感心してしまって。すごく」

「まあ、そうですね。ここにいる子たちは、年齢のわりによく投げられていると思います。でも……あいつは苦戦しているみたいだな」

龍臣の視線の先には、ひとりの男の子がいた。背の高さから、たぶん学年は五、六年生なのだろうと思えたが、投球のフォームが他の子たちに比べると安定しておらず、どこかぎこちなかった。投げる球にも、力がうまく込められていないように見える。

龍臣は、ふいに歩き出して、その男の子のそばに行って何か話しかけた。男の子は聞きながら何度か頷き、しばらくしてから、また練習をはじめた。

一時間ほどの練習のあと、二つのチームに分かれての試合がはじまった。龍臣は栞のとなりで、土手の草の上に座って、ずっとそれを見ていた。試合が終わると、龍臣は立ち上がって陽太のもとへ行き、「そろそろ帰る」と告げた。陽太は顔つきを引き締めて言った。

「ありがとな。来てくれて。どうだった？　おれのチーム」

龍臣は素直な口調で感想を告げた。

「いいチームだな。みんな真剣で、一生懸命に巧《うま》くなろうとしてる」

陽太はその目をじっと見てから、苦笑するように顔をくしゃりとさせた。

「おれさ、実は腰の故障を繰り返していて、そのせいで所属していたチームから戦力外通告されたり……いろいろあって、選手として野球をやるのが難しくなったんだ。それで、これからどうしようって考えていたときにこの野球教室の話をもらって、やってみようと思った。そのときに、お前に会いに行ってみようって決めたんだよ。本当はずっと気になってたんだけど、こうして野球にかかわってるおれが会いに行っても、お前は嫌なんじゃないかと思ってさ。でも、それって遠慮とか気遣いじゃなくて、逃げてただけかもなって思ったんだ。痛い思いをしているお前に向きあうのから」

陽太はそこで一度言葉をきると、思いきったように勢いよく、龍臣の肩に腕をかけた。

「おれはさ、龍臣。まったく同じ経験をしたわけじゃないから、自分の考えでしかものを言えないけど、たとえ今までのように野球ができなくなったとしても、それまでやってきたもん、全部が消えてなくなるとか、そういうことにはならないと思う。べつのかたちにして、活かせることだってあると思うんだ。だからさ、また、一緒に野球してみないか？」

龍臣は、肩に乗せられた腕をしげしげと眺めた。

「むかしから、性格がちっとも変わってないな。その世話好き」

「お前は変わりすぎだ。むかしの爽《さわ》やかさはどこにいったんだ」

陽太は龍臣の髪をくしゃくしゃとかき回した。龍臣は「バカやめろ」と足を引きずりながらもそれに抵抗した。そんな様子をまじまじと見ていた栞と目があうと、龍臣はばつが悪そうな顔になり、陽太をふりはらってから、角のない口調で言った。

「少し時間をくれ。考えてみるよ」

「マジか！　やった」

ガッツポーズをしながら、陽太はどこか安堵したように笑った。


土手を登りきったところで、龍臣が足をとめて栞をふり返った。

「今日は付き合ってもらってすみませんでした。疲れませんでした？」

栞はすぐにかぶりを振った。

「いえ、もともと誘ったのは私ですし。それに、面白かったです。私、野球はあまり詳しくないんですけど、子供たちが頑張っているところを見られてよかった」

それから栞は、しみじみと口にした。

「でも、すごいですね。龍臣さんが何かアドバイスをしていた子、あのあと、急に巧くなって見えました。素人《しろうと》の私でもわかるくらいに」

自信がなさそうに、どこか苦しそうに投球をしていた男の子が、チームメイトたちに褒められて笑顔になった瞬間を思い出して、栞も、いつの間にかほほえんでいた。

「大したことは言ってません。自分の知ってることを教えただけで」

龍臣は謙遜しているというより、事実を言うような口ぶりだった。再び歩き出しながら、龍臣はあらためて口をひらいた。

「おれも久しぶりに野球を肌で感じて、楽しかったです。自分がそれをどれだけ好きだったか、思い知らされるくらい」

龍臣は言葉をとめた。暮れはじめて、少しオレンジがかった日の光が、龍臣の横顔を照らしている。

「でも正直、野球ができるあの子たちのことを、妬《ねた》ましくも思いました。おれの叶《かな》わなかった夢を実現できるかもしれない未来を思うと。こういうおれでも、また野球に関わって、できることがあるのか……」

龍臣は自分に問うように言いかけ、足元に目を落としながら歩いていた。

栞は精一杯考えた。口下手な自分だが、今は何か言わなくてはという気持ちになっていた。

「……龍臣さんにはきっと、龍臣さんにしかできないことがありますよ」

そのあと龍臣は、何も言わずに黙りこんでしまった。えらそうなことを言ってしまったかなと、栞が後悔しはじめたときだった。龍臣が足をとめて、栞へ顔を向けた。

「今日、まだ時間はありますか。ちょっと寄りたいところがあるんですけど、付き合ってもらえますか?」

龍臣が足を向けたのは、商店街のそばにある図書館だった。この図書館は、こぢんまりとした建物のわりに蔵書数が多い。栞も何度か足を運んだことがあった。

「ここに来たのって、ひょっとして、資料を探すためですか?」

図書館のエントランスに入ったところで、栞は龍臣に問いかけた。龍臣はやや不服そうな顔をしながら言った。

「あいつの出版している本と、経歴を調べたいんです」

栞は、龍臣の言っている〝あいつ〟というのが、間宮清一のことだとすぐにわかった。そういえば清一も龍臣のことを名前ではなく〝あいつ〟と呼んでいた気がする。正反対のタイプだと思っていたけれど、実は案外似たもの同士なのかもしれないと、栞はひそかに考えた。

図書館の中央ホールには、背の高い本棚がたくさん並んでいた。龍臣は慣れた様子でそのなかを進んでいき、検索機がいくつか並んでいる場所で栞に言った。

「藤原さんは、あいつの本を読んだことがあるって言ってましたよね。何冊か見繕《みつくろ》ってもらえますか。おれは雑誌に目を通して、インタビュー記事とかを探すので」

「わかりました」

栞は清一の本が並んでいる書架を探した。清一の著書は二十冊にものぼり、栞が読んでいるのはそのうちの半数ほどだった。どんなものを龍臣が望んでいるのかよくわからなかったので、栞は、自分が読んでとくによかったと思ったものを五冊選んで持っていった。

龍臣はその間に、本棚の中央にある閲覧スペースで、清一の記事が載っている雑誌を何冊か見つけてきて、機械でコピーをとっていた。合流した栞も手伝う。半分ほど終えたところで、栞は龍臣に話しかけた。

「いつもこういうことをしているんですか？　けっこう大変ですよね」

「どんな話を書くかによって、毎回集める本や資料はちがうんですけど。まあ、おれの場合、店番以外にやることもないので」

それから龍臣は、雑誌をめくる手をとめて、ふと気づいたようにつぶやいた。

「……でも、もし野球のコーチを引き受けたら、こういうことはできなくなるかもしれないですね」

栞は、店のカウンターの席で、ノートに文字を書く龍臣の姿がなくなることを想像した。もし龍臣がコーチの仕事を引き受けたら、硝子戸に貼られたあの張り紙もなくなるのだろうか。

　それからは、二人とも黙って作業を進めた。龍臣はもともと無口な人ではあるけれど、今は何か考え込んでいる様子だった。

　資料のコピーと本を龍臣の持参していた紙袋に納めると、二人は図書館をあとにした。思ったよりも時間がかかったので、外はすっかり夜になっていた。

　紺色の寒空のなか、スカイツリーがぼんやりと青く光って、ものも言わずにそびえたっている。街灯がぽつぽつと照らす細い通りを、二人はゆっくりと歩いた。龍臣が地面に杖を突く音が、まるで何かの鼓動みたいに規則的に道に響く。栞はそのテンポに耳を傾《かたむ》けながら、歩調をあわせて、龍臣の隣に並んで歩いた。

　栞は、二人でひとつずつ持った紙袋のなかを見下ろしてたずねた。

「どんな話を書くのか、もう決めているんですか？」

「大体は」

　龍臣は答えたあとで、ため息交じりに言った。

「おれには現実を変えることなんかできないと、あいつにわからせてやります」

「そんなことないですよ。龍臣さんの書いてくれた話で、少しですけど、私は変われました」

　龍臣は足をとめて、まじまじと栞の顔を見てきた。彼の目のなかに、驚きと戸惑いがあるのがわかった。その様子がまるで小さな子供みたいに見えたので、「本当ですよ」と、栞は生徒に教えるように、ゆっくりと言った。

少し間をあけてから、龍臣が静かにきり出した。

「おれが書いた話で、読んだ人が何かしら答えを見つけてくれるなら、それに越したことはないです。でも、それを書いているおれは、こんななので。あなたを疑っているわけじゃなくても、信じられないんですよ」

「こんなって？」

「いろんなものを引きずって、前に進めずにいる」

龍臣は、かすかにほほえみながらそう言った。普段はめったに笑わないのに、どうしてこの人はこんなことを言いながらほほえむのだろうと、栞は胸に痛みをおぼえた。

栞のアパートの近くの公園まで来たとき、別れ際、龍臣が告げた。

「この話をあいつに渡すとき、あなたにも連絡しますよ。今回はいろいろと手伝ってもらいましたから、もし気になるなら店に来てください」

「でも、それは間宮さんのプライベートなことですし」

栞は手を振って遠慮した。たしかに龍臣がどんな話を書くのか、気になってはいたけれど。すると龍臣は「というより」と言葉を続けた。

「あいつ、おれのこと嫌いみたいなんで。こんなもの読ませやがってって、怒るかもしれないから、もしそうなったら止めてもらえるとありがたいです」

龍臣は真面目な顔で冗談なのかそうじゃないのかよくわからないことを言い、ぽかんとする栞に背を向けて帰っていった。


龍臣から連絡が来たのは、それから一週間ほど経った頃だった。この前は遠慮したものの、どうしても気になった栞は、仕事を懸命に早く片付けて水沢文具店にむかった。龍臣が、まさか本気で清一を怒らせるような内容を書くとは思えなかったが……彼が清一にどんな話を渡すのか、それを読んだ清一がどんな顔をするのか、やっぱり知りたかった。

仕事帰りに栞が店に立ち寄ると、清一はすでに店に来ていた。小上がりに腰をおろして、真剣な顔つきで紺色のノートを開いている。子供たちが周りでにぎやかに騒いだり、清一の背中に飛びついたりしても、まったく気づいていない様子だった。かなり集中した表情で、ノートの文字を追っている。

カウンターのそばに寄っていくと、龍臣がひそめた声で栞に話しかけてきた。

「あいつも、ついさっき来たんです。ノートを早く寄越せとうるさいので、渡したら、まるで食らいついたみたいに読み出して」

「おい」

そのとき、清一がいきなり声を発した。ノートを見つめたまま、眉をひそめている。

「何なんだ？　これ。おれの過去を、そのまま小説にしているだけじゃないか」

龍臣は何も答えなかった。清一はちらっとこちらに目を向けたものの、龍臣が言葉を返す気がないのを見てとったらしく、再び視線をノートに戻して、続きを読みはじめた。

栞が龍臣を見つめていると、目があった。よっぽど知りたそうな顔をしてしまったのか、栞にだけ聞こえるような小声で龍臣が説明しはじめた。

「おれがあいつに書いたのは、あいつの経歴です。それを、そのまま小説のようにしたんです」

龍臣は、内容をかいつまんで話して聞かせてくれた。

それは、間宮清一のこれまでの物語だった。

中学生の頃に読んだ本に感動して、それから小説を書きはじめたこと。そして大学時代、十九歳という若さで賞を取り、様々な人に祝福されたこと。自分の小説がはじめて映画化され、ドラマ化され、たくさんの人から賞賛の声をもらったこと。そうして、この数年は相次ぐ酷評と売れ行きの低迷が続き、何を書いても納得できず、小説を書くという行為自体に苦しんでいるということ。

龍臣は、ちょっと不本意そうにつけ足した。

「あいつという人間を、きちんと理解して、うまく表現できたかはわかりませんが、おれなりに精一杯寄りそって書いたつもりです」

龍臣が栞に話し終えて少し経った頃、清一はノートを閉じた。小上がりを下りて、納得いかないというような目をしてこっちに近づいてくる。彼の顔つきや雰囲気を敏感に感じ取ったのか、子供たちも静かになって見守っていた。清一は、低い声で龍臣を問いただした。

「おい、どういうことだ？　この話、途中じゃないか。落ちも結論もまったくない。おれがこのノートを読み終えたところで終わってる」

龍臣は言い放った。

「続きは自分で書いてください。あんた小説家だろ」

カウンターの席から清一を見すえ、龍臣は淡々と続けた。

「人生なんて、区切る時期によってハッピーエンドにもアンハッピーエンドにもなるんですよ。ひたすらそれが続いていくだけだ。そのノートは日記帳として使う人も多いんです。だからあんたも、これからの自分の毎日を、そこに書いてみたらどうです？　好きなように、思い通りに。その性格らしく」

清一は、そのまましばらく、まばたきもせずに立っていた。

数秒が経ったあとで、ようやく何かの呪縛が解かれたように、体全体から力を抜いた。

「……なるほど。たしかにおまえの言う通りかもな。認めるのは癪《しゃく》だけど」

清一はノートの背を自分の首筋にあて、ゆるい笑みを浮かべた。

「賞をもらったときで区切れば、ハッピーエンドだったんだ。でも、小説とちがって、人生はあいにく一番きれいなところで終わってくれない。うまくいったときだけ幸せを噛《か》みしめて、そうじゃなくなったからってとたんに嫌になって放り出すなんて、幼稚な癇癪《かんしゃく》みたいだな……お前がこれを書いて寄越した意図は、よかった時期もうまくいかない時期もおれの前に提示して、それをわからせようとしたってとこか？」

「さあ。それがそちらの感想なら、そうなんじゃないですか」

言いながら、龍臣は、カウンターの下の引き出しから清一がこの前購入した金の飾りがある黒い万年筆を取り出し、突きつけた。

怒るかと思ったが、清一は、まるで観念したようにその万年筆を受け取った。

「わかった。書かせてもらうよ、好きなように、思い通りに」

それから清一はこっちに向きなおると、いきなり栞の頭に手をのせた。とっさのことで栞は固まった。

「栞ちゃんの言った意味が、わかった気がする」

「な……何がですか？」

わけがわからないでいる栞に、清一は親しみあふれる笑みを近づけて言った。

「こいつは、たしかに現実は何も変えてくれないな。相手の心のなかにある答えみたいなものを掘り出して、無責任に背中を押すだけだ。なんにも頼りにならない。現実は自分で変えるしかない」

龍臣が冷たく言い放った。

「おれは、はじめからそう言っていますけど」

「素直じゃないな。ほめているのに」

悪びれない様子で肩をすくめる清一に、龍臣は表情を動かさずに返した。

「他に買うものがないなら帰ってください」

「お前さ、店主をするならもっと愛想ってものを身につけた方がいいぞ。客が逃げる」

面白がるように言った清一は、二人に背をむけた。そうして、戸口から出ていく前にふり返った。

「この時点の結末は、気分がほんの少し晴れたから、ハッピーエンドかもしれないな」

清一はにやりと笑い、ノートと万年筆を手にして帰っていった。

瞳の色のガラスペン——

青さん

「これは今では戦後と呼ばれる時代、私がまだ二十歳そこそこだった頃の話だ。利彦《としひこ》は東京の工場に就職が決まって、宮城の田舎《いなか》からひとりで上京していった。鉛筆をつくる小さな工場だったが、そこで懸命に働いて、金をためて、いつか自分の店をもちたいと考えていたんだ。そうして立派に独立できたら、故郷に彼女を迎えに来るつもりだった。告白とプロポーズを同時にするというのは、不器用なくせに格好つけな、いかにもあいつらしい。せめて遠くに行く前に、自分の気持ちくらいはっきりと彼女に告げていけばいいものを、利彦はそうしなかった。まあ、彼女と利彦が好きあっていたことは、当人たちも周りも、誰もが言わずとも悟っていたことだがな」

龍臣《たつおみ》は、店のカウンターに備えられた椅子に座って、静かに青《あお》さんの話に耳を傾けていた。店のなかには自分と青さんの二人だけで、商店街に面した硝子戸《ガラスど》からは西日が差しこんでいるものの、店内はどこか薄暗く、商品が並んだ棚がこれだけあるにもかかわらず、がらんとして見えた。話の続きを促すように、龍臣はそっとたずねた。

「その頃、青さんは何をして？」

「私かい？　私はちょうど、外交官である父の秘書のような仕事をしていたよ。私は利彦とはちがって、親のおかげで金の面での苦労をしたことはなかったが、この目と髪の色では苦労した。当時の日本では、西洋人には戦争で負けたという恐怖があった。私は連合国じゃなく、日本と同じ敗戦国のドイツの出身だったんだが、日本の人々にはそんなことはわからないことだった。差別というのはこういうものかという経験を、何度も味あわされたよ。まだ若僧だった私には、不条理な差別は腹が立ったし、身にこたえた」

龍臣は、小上がりに腰を下ろしている青さんをあらためて見つめた。年齢相応に目じりには皺《しわ》が多く刻まれ、金色の髪は、もう白髪が交じって薄くなっているが、彼の青い目だけは、昔から変わらず澄んだ色をしていた。龍臣には、きれいな色だとしか思えない目だ。想像してみる。青い目をした、ひとりの孤独な青年の姿を。そうしながら、龍臣はさらに問いかけた。

「さっき言っていた〝彼女〟というのは」

「彼女の名は、美知《みち》」

大切そうにいとおしそうに、青さんはその名を呼んだ。

「……そう、美知は私の妻の名だ。結局はお前のおばあさん、利彦の妻にはならなかった人だ」

龍臣が疑問を抱いたことがわかったのだろう。青さんは悲しげなほほえみを浮かべた。

「この日本で、孤独だった私に、いつも笑顔をむけてくれたのが、お前のじいさんである利彦と、美知だった。利彦が東京へ赴《おもむ》くまでの数年間、私たちは同じ時を笑いあって過ごし、やがて利彦は私の最愛の友になり、美知は私の最愛の人になった……だが、あの二人は惹かれあっていた。私があんな嘘さえつかなければ、結ばれるはずだった」

「嘘？」

追及するのを龍臣は一瞬ためらったが、あえてたずねた。青さんが、誰かにうち明けることを望んでいるように思えたからだ。

「一体どんな」

痩《や》せた肩をまるめ、組んだ手を額《ひたい》にあて、まるで祈るような恰好で、青さんは再び語りはじめた。

「利彦は東京に行ってからの数年、一度も故郷には戻ってこなかった。美知はそれでも、文句も言わずに待っていた。いつもさみしさと不安があったろうに、平気な顔をして笑っていた……私はそれに無性に腹が立った。彼女にこれほど想われている利彦を妬《ねた》んだし、けなげに笑う彼女が歯がゆかった。私なら、彼女にこんな思いをさせない。私も若かったんだなあ。あるとき、つい魔が差して、美知に言ってしまったんだ。ほんの嫌がらせ……冗談のつもりもあった。〝利彦は、東京で他にいい人ができたみたいだぞ〟と」

青さんは、痛みをこらえるように顔をゆがめ、目を閉じた。

「あのときの美知の表情が、今でも忘れられない……澄んだガラスに、ヒビが入ったようだった。彼女と利彦のつながりは、それから、徐々に崩れていった。私は、以前よりつらく悲しい顔をする彼女のそばにい続け、彼女に、自分の秘めていた想いを告げた……それから一年後、利彦は必死に働いて、店をもてるだけの金を稼ぎ、美知のもとに帰ってきたが、そのときにはもう、彼女は私と結婚していた」

龍臣は何も言えないまま、青さんの話を聞いていた。

「利彦は本当にできた男だった……自分の最愛の人を奪った私を、変わらず友として慕《した》ってくれた。美知も本当に心優しい女性だった……こんな私を、愛してくれた。それなのに、私は真実をついに最後まで言えなかった。今はもう、二人にどんなに謝りたいと願っても、二人とも、この世にはいない」

青さんは、静まり返った店内を見るともなしに見つめ、力なく言った。

「それでも、願い続けてしまうことはある。できるなら二人にきちんと謝りたい。許されなくともいいから――この苦しみは、嘘をついたことへの報《むく》いだろうか……もうどんなに願っても、果たせないことだとわかってはいるが」

祖父の利彦が亡くなってから、二か月近くが経っていた。それ以来、どうして青さんがこれほど思いつめた様子をしていたのか、龍臣は、このときようやくわかった。

どうにもならないことというのは、この世にはいくらでもあるものなのかもしれない。

青さんが帰ったあとで、いつものように、がらんとした店内にひとりで閉じ込められたような気分になりながら、龍臣は考えた。

ほんの数年前までは、どんな望みも努力さえ怠《おこた》らなければ叶《かな》うと信じていた。そう心から思えていたときは、自分の足元には、未来にまっすぐにのびる道が見えていた。でも、今はちがう。どうにもならないこと、諦めるしかできないことに苦しみ、もがく青さんの気持ちは、龍臣にもよく理解できた。

生まれてはじめて野球のボールに触《ふ》れたときのことを、今でもまだ憶《おぼ》えている。安い子供用のグラブを構えた父に、はじめてボールを投げたときの高揚も。苦しいラストイニング、緊張も不安もすべて打ち破り、キャッチャーミットに最高のストレートを投げ込めた瞬間も。

おれはきっと、このために生まれてきたんだな。

うぬぼれも理屈も全部飛び越して、龍臣はそう感じていた。この手からボールを放つとき、自分が生きていることを一番強く感じた。もしこれを手放す日が来たら、おれの命は、尽きるんじゃないか。そんな風にすら思っていた。

けれど、実際には手放しても人生は続いている。しかも、自分が思い描きもしなかったような、薄暗く狭い店のなかで。ここには頭上に広がる空も、じりじりと肌を焼く太陽の光も、体を伝う汗も苦しく弾《はず》む呼吸も、何もない。球場のスタンドの代わりに棚があり、声援を送る人々の代わりに、押し黙ったような文房具類が並び、グラウンドで背後を守ってくれた仲間たちの代わりに、たくさんのノートが無表情にこっちをじっと見つめている。商店街の通りに面した硝子戸から、唯一外の光が差しこむ。店にしては殺風景に、張り紙もポスターも貼られていない硝子戸からは、通り過ぎていく人たちの表情が目につきすぎて、落ち着かなかった。

祖父の古馴染《ふるなじ》みの常連以外は、店を訪れる客も少なく、先行きも不安だった。本当に自分がこの店を継いでよかったのかと、また考えてしまう。おれは、これから先もずっと、この店にいるのだろうか？

龍臣はノートの並びを整えようと、カウンターの席から立ち上がって、左足を引きずりながら移動した。

左足の重さと鈍《にぶ》い痛みに唇を嚙《か》みしめる。龍臣は、並びの乱れた赤いノートに手をのばした。赤といっても、ワインのような落ち着いた深みのある色合い。洋書の表紙をイメージさせるデザインでやや厚みがあり、龍臣には読めないが、おそらくドイツ語で何か文字が綴ってある。

龍臣はノートをぱらぱらとめくった。当然だが、何も書かれていない。

ここに、何か言葉が書いてあったらいいのにと思った。どこにも行き場のない、埋もれて溺《おぼ》れているような自分を、少しでもすくい上げてくれるような何か。たとえば、祖父が言ってくれそうな言葉……白紙のノートを見ていると、自分が今まで積み上げてきたものがなくなったことを、あらためて突きつけられているように思える。だんだん、腹立ちとやるせなさが込み上げてくる。

（いっそ――）

龍臣は、赤い表紙のノートを持ったまま店内を歩き、ふと目についたガラスペンを手に取った。ベネチアングラスでできた、インクを使って書くタイプのもので、無色透明なガラスの軸にらせん模様があり、その軸の芯と、ペン先に接合するビー玉のような球体状の部分だけ、澄んだやさしい青色をしている。祖父がとくに気に入って仕入れていたデザインの品だった。これを選んだのは、青さんの瞳がこんな色をしていたからだ。

売り物のインクも拝借して、龍臣はカウンターに戻った。ノートを目の前に広げて、右手に青いガラスペンを握る。

龍臣はまっさらなページをじっと見つめ、ペン先をインクに浸《ひた》した。そしてそこに、文字を綴りはじめた。

＊

〝また、一緒に野球してみないか〟

あいつらしいまっすぐな目をして、陽太《ようた》は言ってきた。瞬間、あの頃のマウンドに引き戻されたような気がした。試合中、龍臣が追いつめられたとき、四角い顔に人懐《ひとなつ》っこそうな笑みを浮かべて、励ましに駆け寄ってきた陽太。あいつも、この七年、いろんなことがあったのだろう。目の奥に深い色をたたえるようになっていた。それでも、根っこには、そのまま光り続けているものもあった。

（変わったのは、おれだけなのか……）

けれど、自分は変わらずにはいられなかった。少なくとも、一緒に野球をしようと誘われて、すぐに返事を返せないくらいには。

いつものカウンターの席でぼんやりと物思いにふけっていた龍臣は、にぎやかな子供たちの声で現実に引き戻された。今日も店の小上がりには、常連の子供たちが五人来ていて、楽しそうに騒いでいた。ポテトチップスを食べているやつがいたので、あとで掃除機をかけなきゃなと、頬杖《ほおづえ》をつきながら考える。

それでも、彼らを追い出そうとは思わなかった。

最初は、学校が終わったあと、うちにひとりでいるのが嫌だと言って小上がりに居座っていた子供を、黙認したのがきっかけだった。気づいたときには人数が増え、いつの間にかここは子供たちの集合場所になっていた。「たつ兄《にい》はおれたちを子供扱いしないからいい」と、店に来ていたひとりに言われたことがある。龍臣としては、子供への接し方がわからないから、大人と変わらない扱いをしているだけなのだが、気に入ってもらえたなら何よりだ。彼らは店で遊んでいくついでに、学校で使う文房具を購入してくれるので、龍臣にとっても有難い部分はあった。これは最近、子供たちが好んで使っている言葉、いわゆる〝ギブアンドテイク〟というやつだろう。

子供たちから目をそらして、龍臣は、硝子戸に貼ってある張り紙に視線を向けた。

〝ペンとノートをお買い上げの方、ご要望があれば話を書きます。オーダーメイドストーリー〟

「いつ見ても、気恥ずかしくなる文句だな」

小上がりから、揶揄《やゆ》するような口ぶりで言われた。龍臣は顔を向けずに言った。

「あれはおれが考えた文句じゃないです」

「そうなのか。じゃあ誰が？　ていうか、お前は相変わらずにこりともしないなあ。その辛気臭《しんきくさ》い顔どうにかしろよ。見ていると気が滅入《めい》る」

「それなら、こうしょっちゅう店に来ないでください」

龍臣はにらむように小上がりを見た。間宮清一《まみやせいいち》は、笑って喜ぶ文斗《ふみと》を肩に担《かつ》ぎ上げ、でたらめに振り回している最中だった。しばらくして、すっかりへばった様子でこっちに歩み寄ってくる。清一は上機嫌に言ってきた。

「おれのが子供たちに好かれてるからって妬《や》くなよ、たつ兄」

龍臣はあきれながら返した。

「妬いてないし、あんたにたつ兄と呼ばれる筋合いもない」

間宮清一は、ひと月ほど前に店に来て以来、ちょくちょく顔を出すようになっていた。最初に来店したときの清一の目的は、自分にオーダーメイドの小説を注文することで、それはもう果たしたはずなのだが……この男はなぜか店の常連になりつつあった。客を拒《こば》むのは商売人としてありえないとわかっているものの、清一が店に現れるたびに、正直、早く帰ってくれと思う。龍臣はこの男が苦手だった。

「そういえば、今日栞《しおり》ちゃんは来ないの。土曜って学校休みだろ？」

清一は硝子戸の方を見ながら、カウンターにゆるやかに寄りかかった。そういう恰好が絵になるくらい、清一は整った容姿をしている。

「あの人は今日は来ていないし、いつも来るわけじゃないですよ。最近はあまり顔を出さないから、忙しいんじゃないですか」

「なんだ、残念。会いたかったのに」

清一は口元に笑みを浮かべながら、龍臣に言ってきた。ためらいなくこういうことを言うところが、きっと自分とは相容れないんだと確信する。無視して立ち上がり、小上がりの子供たちに向かって、龍臣は声をかけた。

「おい、悪いけど、今日はそのへんにして帰ってくれ。そろそろ店を閉めるから」

えー、と子供たちが不満そうな声をあげた。

「今日の営業は二時までだって、前から言ってあっただろ。片付けはちゃんとしていけよ。あと、いつも言ってるけど、忘れ物はしていくな」

ちぇー、と逆らいつつも、子供たちは自分たちが散らかしたものを片付けはじめた。店に来た他の客に迷惑をかけないことと、小上がりを使ったあとはきちんと片付けること。この二つを条件に、龍臣は小上がりを提供していた。子供というのはもっと無責任だと思っていたが、追い出されるのがよっぽど嫌なのか、彼らは意外なほどルールを守ってこの小上がりに居座っている。

清一がカウンターに肘《ひじ》をつき、さらに話しかけてきた。

「店を閉めるなんてめずらしいな。いつ来ても営業してるから、てっきり定休日ってのはないんだと思ってた。なんか用事でもあるのか。もしかして、デート？」

作家というのは物事を飛躍して考える人種なんだろうか。しかも、こいつの頭のバロメーターは恋愛ごとに偏《かたよ》りすぎている気がする。龍臣は冷ややかな口調で清一に言った。

「月に一度、店の商品を卸《おろし》に仕入れに行ってるんです。今日はその日」

「へえ」

清一は興味を示したように身をのり出した。

「面白そうだな。文具店って、品物をどんな風に仕入れているのか気になる。な、おれも一緒に行っていい？」

ダウンジャケットを羽織っていた龍臣は、眉をひそめて清一をふり返った。清一も真似《まね》をするように眉をひそめる。

「そんな、心から嫌そうな顔をするな」

「心から嫌なんで」

「相変わらず愛想のかけらもないやつだな」

清一はそう言うと、いきなり龍臣の前にこぶしを突き出してきた。一瞬殴られるかと思って龍臣は身構えたが、寸前で手がとまった。よく見ると、清一が突きつけてきたのはこぶしじゃなく、手に握った車のキーだった。

にやりとしながら清一が言う。

「おれ、今日は車で来てるんだよ。仕入れに行くなら荷物も増えるだろうし、車の方が便利だろ。連れていってくれたら帰りもここまで送ってやるから」

ちょっと驚かされたことに腹を立てつつ、龍臣はぼそっとやり返した。

「……あんた、小説書かなくていいんですか」

「知らないことを知っとくのも仕事のうちなんだよ。いざってときに、見たことも聞いたこともないものを書くのは難しい」

こんなときでも小説のことを考えて行動しているなら、ある意味仕事熱心と言えるのだろうか。そんなことを考えつつ、龍臣は準備を整えて店を出た。清一はもちろん、拒否しようと勝手についてきた。

清一の愛車は、白のＢＭＷだった。龍臣はあまり車に詳しくないが、たぶんＭ３で……高級車だというのはわかる。古い商店街の隅のささやかな駐車場に、こんな車が停められているのはかなり違和感があった。

「お前、車は？　その足だとあった方が便利だろ」

シートベルトを締めつつ、清一が訊いてくる。助手席に座った龍臣は、左足に両手を添えて車内へ引っ張り込みながら言った。

「免許はあるけど、うちの店には駐車場がないから車は持ってないんです。買い物は商店街ですませられるし、行動範囲はそう広くないから、なくてもやっていけるんで」

黒い革張りのシートはやたらと座り心地がよかった。おれと三、四歳しかちがわないのに、この格差はなんだろうなと、龍臣はひそかに思う。まあ、車にとくに興味はないし、必要に迫られなければ欲しいとは思わないのだが。

清一がため息交じりに言ってくる。

「お前も男なら、もう少し興味示せよ。車種すらよく知らない女の子だって、こんな車に乗れるとなれば喜ぶもんなのに。ていうか、何が悲しくておれは野郎を助手席に乗せてるんだろうな」

残念そうに肩を落とす清一に対し、龍臣はドアを再び開いた。

「お望みなら降りますけど。べつに、こっちから仕入れに付き合ってくれと頼んだわけじゃねえし」

「嘘だって。お前はまったく、冗談の通じない人間だねえ」

清一は肩をすくめて車を発進させた。

この間宮清一という男は、世間ではかなり名の通った小説家だった。龍臣も、ついこの前、彼の本を数冊読んでみたが、緻密《ちみつ》なストーリー構成に丁寧な文体、魅力的な登場人物が多く、不本意にもうっかり感動させられた。あんな話を、軽口ばかりたたいているこの男が書くなんて、詐欺に近いんじゃないかと龍臣は思う。

ところが少し前まで、清一は小説が書けなくなって悩んでいたのだった。あれからひと月ほど経ったが、その後小説の方がどうなったのかは聞いていない。しかし清一は、最近店に来るたびに、A5サイズのノートを何冊も買っていく。そして今日は、ぼやくように言っていた。「浮かんだことをメモるうちに、すぐに足りなくなるんだよ」と。龍臣は、ノートに何を書いているのかあえて訊きはしなかったが、清一のそのときの声には、安堵のようなものが交じっていたので、大丈夫なんじゃないかと思う。ただでさえ、この男はしぶとそうだし。

店でノートとペンを買ってくれた客で、希望する人がいれば、そこに話を書いて渡す。

それは、一年ほど前から龍臣がはじめたことだった。ノートとペンの代金以外はとくに料金をもらっていないので、たんなるサービスのようなものにすぎないが。はじめの頃は、あの妙な張り紙を見ても、オーダーしてくる客はほとんどいなかった。けれど、近頃は徐々にその客数が増えている。清一が言うには、店に来て話をオーダーした客が、そのことをSNSに書き込んだり、誰かに話したりしているらしく……変な噂になって広がっているようだった。

道順を指示しながら、龍臣は運転する清一の横顔をちらっと見た。こいつが書くような小説。自分がノートに書く話は、それと比べると、まったく本格的なものじゃないし、拙《つたな》く安っぽいものだ。もちろん、オーダーを受けたときには、注文してきた人の話をよく聞いて、どんな物語を渡すべきかと、自分なりに懸命に悩みながら書いている。そうして渡したものを、喜んでくれる人がいるというのは有難いことだった。けれど、読んだあとで礼を言ってくれる人たちの笑顔を、龍臣はいつも、不思議なものにでも出会ったような気分で見つめてしまう。

（おれが話を書いて渡したところで、現実の何かが変わるわけじゃないのに……）

もし何かを変える力があるなら、まっさきに自分の目の前の道が切り開かれていいはずだ。それなのに、自分はこんなにも中途半端に立ち止まったままでいる。そんな自分の書くものを求める人がいるということが、龍臣には奇妙に思えるのだった。

「そういえば、文具店の商品ってどんな風に選んでるんだ。お前のところは、全部その卸から仕入れてんの？」

清一に話しかけられ、龍臣は我に返った。

「全部ってわけじゃない。他の卸からも、カタログとか、ネットとかで商品を注文することもある。でもうちでは輸入物を多く扱っていて、そういうもののほとんどは、今から行く卸のところで仕入れてる。とくにノートは、祖父の代からずっとそこの商品を取り扱わせてもらってる」

「そういや、その卸って、なんて名前？」

「店の名前はシャツカンマー。店主の名前はアネル・レーマン」

「外国人？」

ぎょっとしたように清一が言う。龍臣は窓の外に視線を向けたまま返した。

「ドイツ人」

「ていうか、お前、おれに対して敬語じゃなくなってね？」

「必要ない気がしてきた」

龍臣が放りだすように言うと、清一は舌打ちしてつぶやいた。

「やっぱ隣に乗せるのは女がよかった」

こっちだってそうだと思いながら、龍臣は左足の付け根に手をやった。天候が不安定なときや、無理して動きすぎたりすると、この足は鈍くうずき出す。このぶんだと、今夜は雨が降るかもしれない。

シャツカンマーという卸の店は、月島《つきしま》の駅の近く、大通りから少し外れた、むかしながらのもんじゃ焼き屋や甘味処が立ち並ぶ一角にあった。建物は二階建てで、赤茶色のレンガを基調とし、外壁には緑の蔦《つた》が絡んで、店の玄関の扉にはステンドグラスがはめ込まれている。このいかにも西洋風なつくりは、古くからの民家が並ぶ月島ではやや浮いていたが、龍臣はもう見慣れていた。いつものように玄関の扉を開け、店のなかに足を踏み入れる。扉につるされた黒く大きな鈴がカランカランと重厚な音を立てた。

「青さん」

龍臣が呼びかけると、店の奥のカウンターで新聞を広げていた老人が、老眼鏡を外して立ち上がった。

「おお、龍臣、来たか」

ベージュのズボンにワインレッドのセーターを着た青さんは、たしかもう七十歳を超えているはずだが、相変わらず背筋はのびているし、品のある立ち居振る舞いをしていた。その青さんは、龍臣のあとに続いて入ってきた清一に目をとめて、不思議そうにブルーの目をまばたかせた。龍臣が何か言うまでもなく、清一は人好きのする笑みを浮かべて、まるで営業マンのようにそつなく自己紹介をした。

「はじめまして。水沢文具店の常連の、間宮清一というものです。今日は龍臣くんから商品を仕入れに行くと聞いて、興味があったので同行させてもらいました」

青さんは、うっすらとのびた白い顎鬚《あごひげ》に手をやった。

「間宮清一？　どこかで聞いた名前だな」

「ああ、おれ、一応小説家の仕事をしていまして」

「ほお」

青さんは感心するように目を大きくした。

「そうか、小説家の間宮清一。君の本、私も何冊か読んだことがあるよ。有名な小説家さんが店の常連なんてすごいじゃないか。龍臣、どうして教えてくれなかったんだ」

「いや、教えるほどのことでもないと思って」

「その言い方は微妙にむかつく」

清一は笑顔のまま、さりげなく龍臣の背中にこぶしをぶつけた。にらむ龍臣をよそに、清一は握手を求めてきた青さんに愛想よく応じる。青さんが「君の本、夢中になって読んだ憶えがあるよ。どれも面白かった」と感想をのべると、清一はうって変わって神妙な顔つきになり、「ありがとうございます」と頭をさげた。

「日本語お上手ですね。ドイツの出身と聞きましたが、日本には長くいらっしゃるんですか？」

「十代の頃にこっちに移ってきたから、もうかれこれ六十年近くになるかな。父が外交官でね。戦後、この日本に赴任することになって、家族総出で渡って来たんだ。だから私にとっては、祖国のドイツよりもむしろ日本の方がなじみ深いくらいだよ」

「そうなんですか」

二人の話が弾みはじめたので、龍臣は店の奥に行き、棚に並べられた商品を見て回ることにした。この店では、一見ふつうの家のリビングのような空間にいくつか棚が置かれていて、そこに雑貨や文房具類が並べられている。ペンや鉛筆、消しゴム、ステープラー、ハサミ、糊《のり》、レターセット……ここにあるものはすべて海外からの輸入品で、色使いやデザインは日本では見ないものばかりだ。青さんが業者に頼んで仕入れているものもあれば、彼が直接海外に赴いて選んできた品もある。この店の商売相手はもっぱら龍臣のような個人商店で、そういった店の人間がじかに足を運んで商品を買いに来る。一般的に、ほとんどの卸は、販売商品をインターネット上に掲載し、オンラインで注文を受けるシステムなので、こうした形式をとっている青さんのような卸業者はめずらしかった。

龍臣が新しく店に並べたい商品の傾向を考えながら、品物を物色している横で、清一と青さんはすっかりうちとけた様子で会話を続けていた。気軽な調子で清一がたずねる。

「ところで、何であいつはあなたのことを〝青さん〟なんて呼んでいるんです？」

「ああ、それは龍臣がまだ小さかった頃に、私につけたあだ名だよ。見ての通り、私の目は青いでしょう。幼かった頃のあいつは、私の目の色をえらく気に入っていてね」

「なるほど。それで〝青さん〟。安直ですね」

ほっとけ、と龍臣は、口のなかでつぶやいた。

「でも、あいつのことをそんな小さな頃から知っているなんて、どういう知り合いなんですか？」

「龍臣の祖父の利彦は、私よりも五つほど年上なんだが、十代の頃からの古い友人でね。成人してからは、私は輸入雑貨を扱うビジネスを、利彦は文具店の経営をはじめたから、互いに仕事面でも良きパートナーだったんだ」

穏やかな性格の青さんは、初対面の清一とも気さくに話している。もっとも、清一の対人スキルがそうさせているのかもしれないが。この二人なら、自分がとくに気を回さなくても、適当に仲良くやっていてくれるだろう。龍臣は遠慮なく、商品選びに専念することにした。

見て回っていると、この前来たときにはなかった新商品が目についた。AからZまで、装飾を凝らしたデザイン文字が、木製の小箱のなかに収まっているイギリス製のスタンプセット。観覧車やメリーゴーランド、空中ブランコなどの遊園地の乗り物が、まるでスノードームのようなガラスの球体に閉じこめられているフランス製のペーパーウェイト、月と星と太陽のシンボルが金で箔押しされているドイツ製のレターセット……こういうものをうちの店の棚に並べておくと、見つけた瞬間、あの人の顔がぱっと輝く。龍臣がスタンプの木箱を手に取って眺《なが》めていると、いきなり背後から声がした。

「そういうの、栞ちゃんが好きそうだよな」

ふり向くと、清一がいつの間にかそばに立っていて、にやりとした。

「今、そういうことを考えながら商品選んでただろ。あたり？」

どうしてこの男はこういうことを真正面から言ってくるのか。おれのことをからかって何が楽しいんだろうと思いながら、それでも言われたことはあたっていたので、龍臣はつい顔をしかめた。

話を聞いていたらしく、青さんが驚くように口をはさんできた。

「栞ちゃんというのは誰のことだ？　もしや、龍臣のコレか」

青さんが右手の小指をたててみせる。その表現はさすがに古いと思いつつ、龍臣は言った。

「ちがう。そんなんじゃない。ただの常連客だよ。店の近所に住んでいて、小学校の先生をしている人だから、よくうちに立ち寄って文房具を買っていく」

「お前と栞ちゃんて、本当に付き合ってねえの？」

「付き合ってない」

「それなら、お前の方はどう思ってるんだよ」

清一は真顔で、からかうそぶりもなく訊いてきた。こういうことを堂々と話題にできるやつより、逃げるやつの方が子供じみている気がして、龍臣はあえて清一の目を見返しながら言った。

「おれは、今はまだ自分のことに手いっぱいで、誰かをそんな風に見られるほど余裕がない。だから、そういうことは考えてない」

「ふうん」

清一は腕を組み、どこか面白そうな口調になった。

「でもそれって、栞ちゃんも思っていそうなことだよな。おれの見た感じだと、あの子は器用な方じゃなさそうだし、今はいかにも仕事でいっぱいいっぱいって感じだ。だから、自分で無意識にセーブして、考えないようにしてる」

「そう思うんだったら、おれたちの関係をわざわざそこにもっていくな」

「だけどなあ、なんか見ていられないんだよ」

清一は腕を組んで壁に寄りかかった。

「作家として言わせてもらうと、お前たちの先のストーリーって、想像できちゃうんだよな。両方奥手でにぶくって、読者がやきもきしているのに、お互いになかなか踏み出せないまま終わっていくパターン。あの子はきっと、自分よりまず相手のことを考えるようなタイプだし、内気だし、お前がそう思っている限りは、自分から言ってくることはないぞ。だから、お前から踏み出すかどうかにかかっていると、おれは思うけどね」

龍臣は黙り込んだ。店の硝子戸をはさんでよく見かける横顔が頭に浮かんだ。雨上がりの朝、彼女は時々できる水たまりの前で足をとめ、そこに映《うつ》る空を見て、本物の空を仰《あお》ぐ。

「たとえそうなったところで……仕方ないだろ。大切にできる見込みもないんだったら、適当なことはしたくない」

ここまで言えば、清一も、もう踏み込んでくることはないだろう。そう思ったのに、よりによって青さんがその続きを引き継いだ。青さんは急に声をたてて笑い出した。

「いやあ、まさか龍臣の口からそんな台詞《せりふ》を聞ける日が来るとは。高校の頃は、次々と告白してくる女の子たちと、付き合っては別れてを繰り返していたお前がなあ」

「青さん」

龍臣はすぐに青さんを咎《とが》めたが、遅かった。清一がすかさず食いついてきた。

「それ、本当ですか？　おれはてっきり、こいつは女にモテない根暗朴念仁《ぼくねんじん》だと思ってたんですけど」

「まあ、なにせ高校の頃の龍臣は、ピッチャーとして有名だったからな。おまけに今とはちがって爽《さわ》やかでよく笑うやつだったし、好いてくれる女の子があとを絶たなかったんだよ。それでも、こいつが一番夢中になっていたのは野球だったからな。適当に付き合って、相手をほったらかしにして、そうして最後は『私と野球どっちが大事なの？』と言われて終わり。朴念仁ということに間違いはないかもしれないな」

青さんはなんの悪気もない顔で龍臣の過去をばらした。龍臣は、にやにやしながらこっちを見てくる清一の視線を無視して、商品選びを続けた。やっぱり連れてこなければよかったと後悔する。

高校の頃は、好きだと言ってくれる女子はたしかに、結構いた。龍臣も、あの頃はそれなりに恋愛というものに興味はあったし、好意をもった相手もいた。でも、相手のことを大切にしたいと思ったことはなかった。彼女のことよりも、いつも野球のことを考えていた。あの頃はそれさえあればよかったのだ。野球ができる。たったそれだけのことで幸せだった。そこまで考えて、龍臣は息をついた。

昔のことを蒸し返されるのは好きじゃない。あのときの自分。そいつは、今のおれが、目指していたものとはまったく別の未来をたどっていると知ったら、どう思うだろう？

清一がいきなり龍臣の肩に腕をかけてきた。

「それにしても、その朴念仁がオーダーメイドの小説なんて書いているんだから、世の中はホント不思議だな。聞いてくださいよ、青さん。実はさっき言った栞ちゃんって子も、おれも、この陰気眼鏡《めがね》にノートに話を書いてもらったことがきっかけで、あの店に通うようになったんです」

龍臣はすぐに清一の腕を肩からはずした。その様子を、青さんは顎髭を撫《な》でながら愉快そうに眺めていた。

「ほお、それならみなさん、私が書いた張り紙を見て注文してくださったということかな。龍臣、やっぱり私の勧めにのって、あのサービスをはじめてみてよかっただろ」

龍臣は、新入荷のボールペンを物色しつつ言った。

「おかげさまで、最近は注文しに来る人が増えた。それと並行して、店の売り上げも少しはあがってる」

清一は、奥の棚に並べられた値の張る万年筆を手に取りながら、青さんに言った。

「あのサービスって、あなたが発案したんですか？　それに張り紙。あれって、青さんが書いたものなんですね。目を引くキャッチコピーだなって感心してたんですよ」

いけしゃあしゃあと清一は嘘をつく。こいつ、さっきは張り紙のこと、気恥ずかしくなる文句だとか言ってたくせに。

しかしそのことを知らない青さんは、奥のキッチンでコーヒーを淹《い》れてきて、龍臣と清一に手渡してくれた。カップを片手に持ち、その液面に視線を落としながら、青さんはブルーの目を懐《なつ》かしげに細めた。

「発案者というより、私は第一号の客だよ」

「客？」

「私は、こいつに話を書いてもらった最初の客なんだ」

龍臣は青さんと目が合った。彼は気のいい様子で、ふいに人差し指を上に向けて二階を示した。

「二人とも、よかったら上に行かないかい。二階はノート専用のスペースになっていてね。

ソファーやテーブルもあるからコーヒーがゆっくり飲める。龍臣が初めて話を書いたノートと、私にくれたペンも、そこに保管してあるんだが」

「いいですね。行きましょう」

清一はすぐに同意した。少しは遠慮しろよと龍臣は思う。

これ以上自分の昔話を勝手にされてはたまらないので、むっつりと黙り込んだまま、龍臣も二人と一緒に二階へ移動した。


二階は、ノート売り場というより、ほとんど青さんのコレクションルームのようになっている。広い洋風の応接間には、壁際と中央に棚が並んでいて、各国から集められてきたノートがディスプレイされていた。カラフルな幾何学模様の表紙のものもあれば、英語やスペイン語、ドイツ語、フランス語と、様々な言語で文字が記されたもの、絵や写真が表紙になっているものなど、目に鮮やかだ。まるでたくさんの絵画が並ぶ美術館のようだと、龍臣はここへ来るたびいつも思う。並んだノートのなかに、たぶんスウェーデンかフィンランドから仕入れてきたのだろう、はじめて見る北欧調の花柄のノートがあり、龍臣の目を引いた。これから春にむけて、花をモチーフにした絵柄を店に並べたいと思っていたので、今日はあれを仕入れて帰ろうと、ひそかに目星をつけた。

青さんは、ここにいるときにはいつもそうしているように、窓辺にある安楽椅子にゆったりと腰をおろした。龍臣はその横にあるソファーに座った。清一は、この部屋がよほどめずらしいのか、コーヒーの入ったカップを片手に、数々のノートを感心したように眺めている。

青さんは、窓辺の棚に手をのばし、引出しから深い赤色の表紙のノートと、青いガラスペンを取り出した。透き通ったガラスペンをしばらく眺めると、それをテーブルに置き、胸ポケットに入れていた老眼鏡をかけ、ノートのページをめくりはじめた。清一がようやく近寄ってきて、龍臣の横に腰をおろした。そうしてノートに目を落としている青さんに話しかけた。

「あなたは、こいつにどんな話を書いてもらったんですか？」

「気になるかい？」

「ええ、かなり」

青さんはノートを閉じた。龍臣はじっとその表情をうかがっていた。しかし青さんにためらう様子はなく、彼は穏やかな口調で話しはじめた。

「このノートに書いてもらった話をするには、まず昔話をしなければならないな。私と、龍臣の祖父である利彦、そして美知。私たち三人の話を……」

青さんは時折コーヒーのカップを傾《かたむ》けながら、ゆっくりと語った。

それはおよそ二年前、龍臣が水沢文具店を継いだばかりの頃、悲痛そうに彼がうち明けた話だった。

*

祖父を思い出すとき、まず浮かぶのは、水沢文具店のカウンターの席に座って、本を読んでいた姿だ。そして、店の棚に並ぶノートの配置を、首を傾《かし》げたり目を細めたりしながら真剣に検討していた横顔。細い体つきをした人だったが、いつも静かな力の宿った目をしていて、貧弱そうな印象はなかった。まっすぐな視線を向けられ、深みのある声で「どうした」とたずねられると、自然と、祖父に話を聞いてもらいたくなった。

利彦は人の話を聞くことに長《た》けた人だった。そこにいるだけで、なぜだか人に話を促《うなが》す。そういう不思議な雰囲気をまとっていた。かといって、黙って聞いてばかりいるかといえば、そうじゃない。いざ口をひらくと、気《き》っ風《ぷ》のいい肝《きも》の据《す》わったことを言う。誰かの話を聞き終えたあと、利彦が口にする言葉は、いつもまるで、思いもしなかった場所にぱっと光を灯《とも》すようなものだった。龍臣もそうだったが、祖父と話したがる人は、祖父のそんな思いがけない意見や助言を期待して、悩みや愚痴《ぐち》をうち明けていたんじゃないかと思う。店に来る客たちは、文具を買うついでに利彦と語らっていく人が多かった。店を継いでから、龍臣は常連の客たちが離れていかないように、そんな祖父の立ち居振る舞いを真似ることを心掛けていたが、祖父とちがって愛想のない自分には、なかなか難しいことだった。

祖父は他人に話を促す人ではあったが、自分のことを語る人ではなかった。

祖母とは、見合いで結婚したと聞いていた。その祖母も、龍臣が生まれる前に病気で他界している。だから、たとえば祖母と結婚する前に祖父に好きな人がいて、その恋が破れていたなんてことは、龍臣はまったく知らなかった。利彦が亡くなったふた月後、龍臣が店を継いですぐの頃に、あの店で青さんに話を聞くまでは。

「水沢文具店の前の店主は、どうして亡くなったんですか？」

青さんが過去の話を語り終えたところで、間があいたときに清一が問いかけた。青さんの代わりに、コーヒーを飲み終えた龍臣が答えた。

「亡くなる少し前から、もともと持病だった不整脈が悪化していたらしい。でも、じいさんはそれを誰にも言わなかった。医者にも時々通っていたし、大丈夫だと思っていたんだろう。だけどある日、突然店で倒れて……商店街の人が気づいて救急車を呼んでくれたけど、搬送《はんそう》された病院で、そのまま息を引き取った」

　青さんは、雲が重く垂れこめる窓の外に目をやった。

「私はその日に、ヨーロッパから帰国したんだ。今でも時々そうしているが、そのときも、雑貨を仕入れにヨーロッパの国々を巡っていた。利彦は世界各地で売られているノートを集めて、自分の店で売ることを趣味のようなものにしていたから、私は彼の頼みに応えて、めずらしくてきれいなノートをたくさん見つけて日本に持ち帰ってきた。そしてそれを渡しに、次にあいつに会いに行ったときこそは、昔のことをすべてうち明けようと決めていたんだ。だが、利彦の店へ向かっていた道すがら、龍臣から連絡が入って——利彦が急逝したことを知らされた」

「こう言ってはなんですが」

　清一はコーヒーのカップを置いて、青さんの顔を見た。

「そんなに後悔するくらいなら、もっと早くに利彦さんに話していればよかったんじゃないですか。どうしてそうしなかったんです?」

　かなりあけすけな質問だったが、青さんに気を悪くした様子はなかった。青さんの視線の先では、窓ガラスに水滴が伝っていた。外は、雨が降り出したようだった。

「これはもう、言い訳にしかならないことだが……妻の美知は、四年前にがんで亡くなった。私は、本当は美知にも、自分がついた嘘について話そうと思っていたが、長く患《わずら》っていた彼女に本当のことを告げれば、余計に苦しめてしまうのではとこわくなり……言えなかった。そうして彼女を見送ったあと、利彦には真実を話すべきか、長く考えた。むしろこのことは、誰にも話さずに墓場まで持っていくべきかもしれないとも思った。利彦は別の女性と結婚していたし、先に逝《い》った彼の妻のことをとても大事にしていたから。いっそ話さずにいたほうが、誰も傷つけずにすむかもしれない。だが、その考えも私の勝手なエゴかもしれない……そんな風に、毎日悩んでいた。けれど、やはり利彦には真実を話したい。そう心を固めて、私がヨーロッパから戻ってきたその日だった……利彦が死んだのは」

青さんは目を閉じ、そのまま続けた。

「本当のことを話して、許されたかったわけじゃない。なんと言えばいいのか……私はただ、謝りたかったんだろうな。真実をきちんとうち明けて、たとえ信頼を失い、恨《うら》まれるとしても、私を慕《した》ってくれた二人に恥じない人間でありたかった。その機会を永遠に失ったと思うと、当然の報いなのかもしれないが、やはりつらかった」

青さんの最後の言葉が、龍臣の胸に鈍《にぶ》く響いた。

二年前もそうだったなと思い出す。自分もあのとき、大事だったものを永遠に失ってから、どんな風に歩き出したらいいのかわからずにいた。だからこそ、青さんの行き場のない苦しみがよく理解できた。

龍臣が店を継ぐことは、祖父の死後、唐突に決まった。祖父の葬式の席で、弁護士が自分のもとへ来て、〝水沢文具店はすべて君が相続することになっている〟と告げたのだ。祖父がそう遺言をのこしていたのだと聞かされ、何も知らなかった龍臣は、かなり驚かされた。実は祖父がまだ生きている頃〝店を継がないか〟と一度だけ言われたことがあったが、龍臣は断っていたのだ。文具店など、自分には興味もないし、できないと。それなのに、どんな考えがあったのか……祖父は最後にほとんど押しつけるようなかたちで、自分に店を託して逝ってしまった。

時期的にも、大学を出たあと、足のこともあり、なかなか就職先を見つけられずにいたときだった。両親も、野球を取りあげられて他にやりたいことも見つけられずにいた龍臣を気にかけていて、祖父の店を継いだ方がいいと勧めてきた。そうして龍臣は、あの店を引き継ぐことになった。

意志を持ってそうしたというより、流れ着いたという方が正しい。だから当初、龍臣は祖父のことを恨んでいた。一方的にあの小さな店を押しつけられて、そこに閉じ込められたような気がしていたのだ。それでも、今になって思う。もしあのとき、店を継いでいなかったら、自分は今頃どうなっていただろう。あの頃は、本当にやりたかったことをなくして、毎日ただ茫然としていただけだった。でも今はこうして店を営むことで、少なくとも、自分の力で生きているという小さな自負をもてている。

龍臣はじんわりと痛みはじめた左足に手を置いた。そんな龍臣の横で、青さんはさらに話を続けた。

「私は、利彦が死んでから行き場のない後悔を抱えて、どうにもならない気持ちでいた。それでつい思いあまって、利彦の代わりに、孫の龍臣に本当のことをうち明けたんだ……まるで懺悔《ざんげ》をするようにな。同情や慰《なぐさ》めを期待したわけじゃなかった。龍臣にも、呆《あき》れられるんじゃないかと思っていたよ。だが龍臣は数日後、このノートとペンを持って、私のところにやってきた。そうして言ったんだ。〝青さんができなかったことを、このノートに書いたから、読んでみてくれないか〟と」

清一が気づいたように、視線をこっちに向けてきた。

「それじゃあ、こいつがあなたに書いた話っていうのは」

「読むかい？」

青さんは清一にノートを差し出した。「いいんですか」と清一が少し驚いたように確認する。青さんは穏やかに頷いた。

龍臣はというと、以前自分が書いたものを他人に読まれることに抵抗をおぼえたが、文句を言うのはやめておいた。そのノートはもう青さんのものだ。青さんがいいなら、自分に阻止する権利はない。

清一はすでに何もしゃべらず、没頭するようにノートの文字を目で追っていた。長い話ではないから、こいつならすぐに読み終わるだろう。龍臣は、テーブルに置かれていた青いガラスペンを手に取った。自分がこれでノートに書いた、拙い話――あのときは、物語を書いているという自覚はなかった。ただひたすら、なんでもいいから、白いページを埋めたいと思っていただけだ。龍臣が知っている利彦なら、真実を告げられたとき、どんな言葉を返すだろうと、精一杯に想像して。

龍臣は目を閉じて、青さんのノートに綴った情景を思い返した。

利彦にすべてを話そうと決めたその日、青さんは、空港から直接、水沢文具店に向かっていた。遠い国で手に入れてきたノートをたくさんアタッシェケースに詰め、それを引きずって電車に乗り込んで……本当は、そこで自分からの連絡が入り、青さんはそのまま病院に行く。そうして、冷たくなった祖父と対面することになるのだが――ノートのなかでは、青さんは祖父が死んだという知らせを受けることはなく、あの商店街にやってくる。そして、途中の果物屋で、いつものように祖父の好物のリンゴを手土産に買い、店にたどり着いて、硝子戸を開く。

利彦は、読みかけの本を置いて顔をあげる。古くからの友人を笑って迎え、それから二人の老人は、いつか龍臣が見かけたときのように、カウンターの席で顔を突き合わせながら、不器用にリンゴの皮をむくのだろう。そしてそれを上機嫌に、シャリリと音をたてて頬張《ほおば》る利彦に、青さんは、ついに今までずっと謝りたかったことをうち明ける。

神妙に、言い訳をせず、むかしついてしまった嘘について。青さんは正直に話す。

それを聞いた利彦はしばらく黙り込む。そうしたすえに、いつもの歯切れのいい口調で言い放つ。

『お前は、そんなことを何十年もずっと気にしていたのか?』

『そんなこととはなんだ』

青さんは思わず涙声で怒る。そんな友人を、利彦はからりと笑うだろう。そしてきっと、こう言うのだ。

『たしかにおれは美知が好きだった。だかな、そのあと、先に逝った嫁さんのことも、おれは好きになった。そこに後悔はまったくない。なあ、きっと、失ったものの代わりになるものはなくとも、まったく新しく見つかるものは、先にも絶えずあるんだよ。今のおれは女房を一等愛してる。お前は美知を一等愛してる。それでいいじゃねえか』

二年前、龍臣は青さんにそれを綴ったノートと彼の瞳と同じ色のガラスペンを、この部屋で渡した。あのとき、ノートに目を通したあとで、青さんは、まじまじと龍臣を見て言った。

「こんなキザな台詞を、お前が考えたのか？」

龍臣は、かなりばつの悪い思いで、気恥ずかしくなりながら弁明した。

「ちがう。これはおれじゃなくて、じいちゃんだったら、こう言うかなって思ったことを書いただけで……」

それでも、これは利彦が言ったことにはけしてならないか。そんな風に思って諦めようとしたときだった。青さんがかすれた声でつぶやいた。

「たしかに、これはお前が考えた話じゃないな。あいつしか思いつきそうにない、あいつしか言いそうにない台詞だ」

そう言って、青さんは静かに涙を流した。そんな彼を見て、龍臣は、ひどく驚かされたことを憶えている。

「こんなの書くぐらいなら、お前も作家になれば？」

清一がノートから目をあげ、かすかに笑って言ってきた。それに答えたのは、龍臣じゃなく、青さんだった。

「いいや、龍臣には、君と同じ仕事はできんよ。龍臣の書く話は、個人にむけた物語だ。君とちがって大衆にむけたものじゃない。でも、だからこそ、受け取った人間には響くんだろうな」

清一から返されたノートを、青さんは感慨深げに眺めていた。龍臣はしばらく自分の組んだ指を見つめていたが、やがてきり出した。

「青さん、実はこの前、うちの店に陽太が来たんだ」

青さんは、椅子からわずかに身を起こした。

「陽太……たしか、高校の頃にお前とバッテリーを組んでいた子か」

龍臣は頷《うなず》いた。龍臣が高校生の頃、青さんはよく祖父と一緒に、試合を観に来てくれていた。そのため、龍臣とはとくに仲が良かった陽太のことも知っていた。

ふいに清一がソファーから立ち上がって、陳列棚の方へ歩いていった。たぶん、気を利かせたのだろう。少し癪だが、席をはずしてもらえたのは有難かった。今日龍臣がここへ来たのは、仕入れだけじゃなく、青さんに話したいことがあったからなのだ。

龍臣は、陽太に野球のコーチを頼まれた件、そして少し前に陽太のやっている野球教室を見に行ってきたことを、青さんに説明した。

「コーチの仕事は週に二日で、もし引き受けるなら、営業日を減らさないといけない。それに、きっと忙しくなるから、ノートに話を書くなんてことは、できなくなると思う」

龍臣はできるだけ淡々と青さんに語った。青さんは「そうか」と頷き、龍臣がすべて話し終えると安楽椅子に深く座り直した。しばらく目を伏《ふ》せて間をあけたあとで、龍臣に言った。

「それで、お前はどうしたいんだ。コーチを引き受けるのか」

「それは、まだ考えてる」

「そうだろうなあ。お前にとって、野球はいまだに望みであって古傷だ。できることを新しく発見して、また打ちこめるかもしれないが、それとは逆に、自分が失ったものを再確認して、余計に傷を深めるだけかもしれない」

青さんは、やっぱりよく理解してくれていた。自分のことを語るのが苦手な龍臣は、むかしから両親にも友人にもあまり相談というものをしたことがなかったが、唯一、祖父になら抵抗なく胸のうちを話し、助言を求めることができた。祖父が死んでからは、龍臣はいつの間にか青さんにそれを期待するようになっていて、青さんも、すすんでその役を買って出てくれているところがあった。

「……誰かに野球を教えるっていうのは、今まで考えたことがなかった。でも、実際に野球教室を見に行ってみて、たしかにそういう道もあるのかもしれないと思った。野球のことは、あれから見ないようにしてきたけど、踏ん切りがつけられていないのは、自分でもわかってる。プレイヤーじゃなく、教える側になるっていうのはまた勝手がちがうだろうけど、こんなに引きずっているんなら、もう一度、べつのかたちで戻るのもありなのかもしれない」

龍臣は考えていたことを青さんに話した。しばらくしてから、「龍臣」と青さんが呼んだ。青さんは、まるで祖父のような口ぶりになって言った。

「悩んでもいい。好きな方を選べ。お前の人生なのだから、誰かに遠慮なんかすることはない」

龍臣はどきりとした。水沢文具店を無理やり押しつけられたと感じていること、そして、そんな気持ちのままあの店を続けていていいのかずっと迷っていたことを、祖父に見透かされたような気分になった。

祖父を彷彿《ほうふつ》とさせた青さんは、けれど、すぐに青さんらしい、穏《おだ》やかな口調に戻って言った。

「だが正直なところ、お前が話を書くのをやめてしまうのは、おしいような気もする。このサービスは、とてもいいものだと私は思うよ。もしも私のような人間がお前の店を訪れたなら、書いてやってほしいとも思う」

龍臣は、自分の右手に視線を落とした。

「だけど、あれは仕事とは言えないくらいのものだから。おれが勝手に考えた拙い話を書いているだけで、現実の何かが変わるわけでもない。ここに書いた話だって、あくまでおれの想像で、本当はちがうかもしれない」

すると青さんは一瞬きょとんとした顔をし、それからくつくつと笑い出した。

「……そうか、本当はちがうかもしれないか。書いた本人が言うと、説得力などあったもんじゃないな。だが私は、それでもいいと思える。死んであの世で利彦に会ったら答え合わせだ。今は笑ってそう思えるよ。たぶん、はじめからそう思うしかなかったのかもしれないが」

青さんは言い聞かせるように、龍臣にむけて語った。

「人が悩んでいることというのは、だいたい行きつく答えもとるべき行動も決まってるんだ。だがな、それがわかるまでがとにかくしんどい。お前が書いた話は、そこに行きつくまでの勇気をくれる。自分が信じたかったものをわからせてくれる。現実が変わらなくとも」

龍臣は黙り込んだまま、青さんの言葉の意味を考えた。青さんは椅子から立ちあがると、真剣な目をして「なあ龍臣」と呼びかけた。

「お前は、自分を幸せにしてやれ。お前は大切なものを失って、人一倍きつい思いをしたんだから、人一倍幸せにならなきゃいけない。そう思って生きていけ」

「だけど、どうしたらそうできるか、まだわからない」

龍臣はついそうつぶやいた。どこか子供じみた台詞を言ったような気がしたが、それでも本心だった。青さんは〝困ったな〟とでも言いたげな表情で近くの棚に歩み寄っていき、装飾のないシンプルな白い表紙のノートを手に取って、ぱらぱらとめくった。

「他人の物語は思いつくくせに、自分の未来は想像できないんだな。お前の先はいつも、何も書かれていないノートみたいに真っ白だ。いつかお前の先にも、明るい言葉が書き込まれたらいいと、私は思うよ」


降り出した雨は、青さんの店を出る頃にはだいぶ小降りになっていた。

三月はじめのこの時期は、入学、進級シーズンを控《ひか》えているので、文房具の売れ行きがのびる。色鉛筆や筆箱など贈り物として人気の商品や、目新しい柄《がら》のノートを多く仕入れ

「昨日、卸の店に行って新しい商品を仕入れてきたので、よかったら見ていってください」

「本当ですか」

栞はぱっと顔を明るくして、吸い寄せられるように商品の棚へ近づいていった。疲れた社会人から一気に無邪気な子供になったようで、この人のこういうところが見ているとおもしろかった。

栞は、まるで宝探しでもしているかのように、棚から新商品を見つけては手に取って眺め、口をひらいた。

「前から訊いてみたかったんですが、このお店で扱っている商品って、なにかコンセプトのようなものってあるんですか？　普通の文房具屋さんとは、品ぞろえがちがうように思うんですけど、どんな風にちがうのか、自分で考えてみてもはっきりとわからなくて」

龍臣は、足を引きずりながらカウンターの席に移動しつつ返した。

「コンセプト……と言えるのかどうかわかりませんけど、祖父の代から、〝書くもの〟を中心にした品ぞろえにはしています」

「書くもの？」

「この店、もともとは外国から仕入れてくるノートが主商品だったので、基本はノート。

そのほかに、メモ帳、付箋《ふせん》、画用紙、レターセットとか。あとはそこに何か書くために必要になるもの。ペン、万年筆、消しゴム、それを入れる筆箱、付随して必要になる定規、鉛筆削りや下敷き。スタンプなんかも、紙に押すものなんで、〝書くもの〟の広義の意味で仕入れています。祖父が卸から商品を買うとき、そういうくくりで選んでいたらしいので」

栞は、眺めていたレターセットから顔をあげて、少し不思議そうなまなざしを龍臣にむけた。彼女が訊きたがっていることがなんとなくわかって、龍臣は言った。

「おれは、店のことを祖父からきちんと教えてもらって引き継いだわけじゃないんです。その前に祖父は他界してしまったので。この店は青……卸の知人の助けを借りて、手探りでやってきたんです」

「そうだったんですね」

どこか感じ入るように栞はつぶやいた。それから、そっとほほえむ。

「このお店のことは、はじめて来たときよりも前から知ってはいたんです。ここで気に入った文房具を買って仕事で使うと、やる気も出るし、もっと早くからここに来ていればよかった」

「品ぞろえの傾向は、おれが引き継いでから、祖父のころとは結構変わってきていますよ。

もともとどちらかというとベーシックで品のある、大人が趣味で買うような文房具類が主だったんです。けど、おれの代からは子供たちが多く来るようになったので、子供も大人も共通して好みそうなものを中心に取りそろえるようになりました。祖父の頃と傾向を変えてしまうのはどうかとも思ったんですが、客層の需要をつかむのも商売には必要らしくて。はじめの頃は苦戦しましたけど、最近、ようやくそういうことも、わかってきました」

「おじいさんのお店じゃなくて、今は龍臣さんのお店ですもんね」

栞は真面目《まじめ》な顔で頷き、あらためて店内を見回した。

「引き継いできたものが変化していくって、すてきですよね。私も、時々考えることがあるんです。私が小学校で子供たちに教えることは、たぶん、人としての基本なんだろうなって。人が、人として生きていくために受け継いでいるもの。あの子たちは、これからそれを根っこにして、たくさんのものを吸収して大きくなっていく。そうして、それぞれにちがう花を咲かせるんだろうなって。そんな風に考えると、なんだか嬉しくなります」

栞は唇に笑みを宿した。この人は時々こういう、まるで子供みたいに純粋なことを言う。でもその真ん中には、いつも学校の生徒たちのことがあって、たぶん本人は無意識なのだろうけれど、考えている多くが仕事のことに帰着する。そういう真面目さや責任感の強さは、しっかりとした大人だなとも思う。

龍臣はふと思い出した。雨の降った翌朝、彼女はよく店先にできる水たまりの前で足をとめ、空を見上げていた。その横顔がやけに印象に残って、ここからいつも見ていた。はじめて彼女が店に来た日よりも、ずいぶん前から。何かままならないことを抱えて、それでも顔をあげるその表情に、目を引かれた。

そのとき、硝子戸がまた開いて、外の光とともに学生服を着た男子高校生が店内に入ってきた。

スポーツ刈りよりも短い髪で、細面《ほそおもて》の顔は浅黒く日に焼けている。引き締まった体躯《たいく》をしていて、左の肩には使い込んだ白い大きなエナメルバッグをかけていた。太陽と、土の匂いがしみついているようなその姿に、彼が打ちこんでいるものがなんなのか、龍臣にはひと目でわかった。

「この張り紙……」

高校生がぼそりとつぶやいた。龍臣は、彼の持っているエナメルバッグに目をむけた。そこには、都立墨田《すみだ》東《ひがし》高校野球部と、金色の鈍く光る字が刺繍《ししゅう》されていた。

「あの、オーダーメイドの話を書いてもらえる店って、ここですか」

低くかすれたような声で訊く少年に、龍臣はつとめて平静な声で答えた。

「そうですよ」

少年は店内を見回し、すぐに目にとまったらしいノートとペンを左手でつかんだ。そしてカウンターに歩み寄り、龍臣にむけて差し出してきた。

「ここでノートに話を書いてもらえたら、少しは気が晴れるって聞いたから……おれもそれを頼みたいんですけど、いいですか？」

そう言いながら、少年はなんの期待もしていないような目をしていた。龍臣には、なぜか彼が遠くから旅をしてきた人のように思えた。首に真っ白な三角巾をかけ、包帯を巻いた右腕を吊るしている姿があまりにも痛々しくて、遠いむかしに鏡のむこうに見たやつと、重なって見えたせいかもしれない。

栞が少し驚いたように、そして戸惑いを含んだ目でこっちを見てきた。この人は、きっと陽太に話を聞いているのだろう。龍臣はそう感じた。だからたぶん、おれと同じことを考えている。

この高校生と、むかしのおれが、あまりにも似ていることに気づいている。

白いノート——洸介と龍臣

店を訪ねてきた高校生は、瀬川洸介《せがわこうすけ》という名だった。

野球は、小学校低学年からはじめたのだと洸介は話した。周囲に注目されるような飛び抜けた才能はなかったが、投手がしたくて、地道に練習を続けた。その努力が実って、去年ようやく念願だったエースに選ばれ、秋の大会ではマウンドに立って、チームを何度も勝利に導くような活躍ができた。そして今年の春のセンバツ大会に出場できることが決まったのだと、少ない言葉で端的に、ぽつりぽつりと語った。

龍臣《たつおみ》は、瀬川洸介と駅前で落ちあい、北十間川《きたじっけんがわ》を眺《なが》めるように設置されたベンチに並んで座っていた。

三月半ばの空は透き通るような薄青で、北十間川はまるで鏡のように空のなかに立つスカイツリーを映《うつ》している。龍臣はそれを見つめながら、静かに耳を傾《かたむ》けていた。

「――それなのに、冬に入ったあたりから、肘《ひじ》が痛みはじめたんです」

洸介は、聞き取りづらいほどの声で話していた。マウンドではいつもでかい声を出していただろうに、今の洸介からは、その姿は想像がつかない。

「医者には肘の酷使による故障、いわゆる野球肘だって診断されました。野球肘は、投手にはよくあるものだと知っていたし、最初に聞いたときには、治るものだと思ってました。でも、おれの場合は、重症度がかなり高かったらしくて。手術を受けたんですけど……ダメで」

しかも、と言ったきり洸介は唇を震わせて一度黙り、吐息とともに告げた。

「医者からは、今後は投げる動作そのものに支障が出るから、本格的に野球を続けていくことは、もう難しいだろうって言われました」

龍臣は川面をにらんでいる洸介の横顔を見た。日焼けした肌に細い顎《あご》、引き締まった手足。目指してきたもののために、他のすべてをそぎ落としてきたかのようだった。口調には野球部ならではの礼儀正しさと、この年齢の男ならではのふてぶてしさが交ざっていて、目には突きつけられた現実を拒絶するようなぎらつきがある。つくづくむかしの自分を見ているみたいだなと、龍臣は思った。

眼鏡《めがね》の奥の目を伏せて、龍臣が続きを促《うなが》すように待っていると、洸介は少し戸惑った顔をむけてきたが、またしゃべりはじめた。

「おれ、墨田《すみだ》東《ひがし》高校の野球部なんです。明後日《あさって》から、春のセンバツの試合に出るために、甲子園に行きます。甲子園は、本当にずっと憧れてた場所で……おれも、あそこで投げるはずだったのに。チームのやつとか、全国からようやくそこに来た他のやつらが、あのマウンドで投げるのを、おれはスタンドから見ていなくちゃならない。それを想像すると、なんかもう、どうしようもなくて」

「それなら、無理して行かなければいい」

龍臣はつぶやくように言った。

おれは、あれからあの場所には近づいていないと、心の中でつけたした。むかし、想像だけで思い描いていた甲子園のマウンドから見た景色が、久々に脳裏によみがえる。

夢の行きつく場所。それだけじゃない、そこからの人生の夢を勝ちとるために戦う舞台。負けて破れるのなら、まだよかった。挑戦することすら許されなかった自分に、あの場所は、失ったものをまざまざと突きつけてくる。自由な体と未来をまとったやつらが、誇りと期待にその身を輝かせてプレーする。仕方ないんだとか、運が悪かったとか、誰にどう言われても、納得することはできない。それは、たとえどれだけ時が経っても。

「仲間が出るんだから、そういうわけにはいきません」

洸介が小声で言った。

「そうだよな」

龍臣はそっと同意した。

すると洸介は、一瞬いぶかるような目を龍臣に向けてきたが、何も訊いてはこなかった。

最後の夏の選手権大会。あの時は龍臣も、スタンドからチームメイトたちを応援した。自分の不幸を嘆《なげ》く様を周りに見せたくなかったし、ともに頑張ってきた仲間の晴れ舞台を無下《むげ》にしたくないという思いもあった。もっとも龍臣の場合は、チームが地方大会の決勝で敗れたため、行くことはなかったが。

(甲子園か……)

仲間が出場することになっていたら、自分ならどうしただろう。

結局龍臣は、野球部には最後まで在籍していたが、卒業後まで仲間との関係を続けることはできなかった。野球にかかわりながら、明るく思い通りの未来を歩く仲間たちに、妬《ねた》む感情をむけたくなくて、ずっと避けていた。最近になって、陽太《ようた》が会いに来るまでは。

「それで、お前はおれに、どういう話を書いてほしいんだ」

龍臣が問うと、洸介はぼそりと、少し怒ったように答えた。

「わかりません、そんなの」

慰《なぐさ》めも、同情も、どんな言葉も今の洸介にはむなしいだけだということは、龍臣も知っていた。いつもだったら、こうして話を聞けば、どんな言葉を渡すか少しは思い浮かんでくるのに、洸介に対しては何も浮かんでこない。

「……話、いつできますか」

硬い声で洸介が訊いた。

「わるいけど、甲子園に行く前に渡すのは無理だな」

それならもういいと、諦めるかと思って言ったが、野球部と刺繍《ししゅう》が入ったエナメルバッグを肩にかけ、立ち上がった洸介は、切実な目をむけてきた。

「それなら、帰ってきてからでもいいです」

小さな文房具屋のあんな張り紙にすがるくらい、どうしようもないんだ、と思った。こいつは、これから仲間たちが野球を続けて、負けに悔しがり勝ちに喜ぶまぶしい姿を、ただ見ていなくちゃならない。ことあるごとに、自分が思い描いていた未来を歩いていない口惜《くや》しさを噛みしめなきゃならない。洸介がこれからぶつかる壁はいくつも想像できるのに、どんな言葉を渡してやればいいかは、まったく想像ができなかった。

自分でもまだ見つけ出せていないものを、たとえばむかしの自分に求められたら、どう応えてやればいいのか。

（きついな……）

ただ、思いついてはじめたことだった。これは誰かに強制されたわけでも、義務でもない。どうして自分は、こんなことをやっているんだろうなと、目にしみるような水色の空を見上げて、考えた。

＊

もうすぐ卒業式がある。

栞《しおり》が担任をしているクラスは二年生なので、学年の離れた六年生とはあまり交流がなかった。それでも、委員会やクラブで関わる機会はあったし、なかには栞を慕《した》ってよく話しかけてくれた生徒もいた。そういう子たちが学校からいなくなってしまうと思うと、少しさみしい。けれど感慨に浸《ひた》っている余裕はなかった。卒業式の準備のため、やらなければならないことはたくさんあるうえ、栞の場合は、七月にある教員採用試験にむけての勉強もはじめないといけなかった。

通知表の作成に、六年生を送る会でやる劇の道具づくり、卒業式の飾りつけ、新学期へむけたクラス替えの準備……それらが終わったあと、誰もいない自分のクラスの教室で試験にむけた勉強をしてから帰宅しているので、最近は家に帰り着くのが二十一時を過ぎている。自分がもう少し仕事がこなせるタイプの、要領のよい人間だったらなと思うけれど、それは考えても仕方がないことだった。

今日も栞が帰ってきたときには、商店街の店は、カフェやレストランを除いてみんなシャッターを下ろしていた。人通りのほとんどないしんとした通りに迎えられるのは、疲れた身にはこたえる。

いつも使っている赤ペンと付箋《ふせん》がもうすぐなくなりそうだったので、龍臣の店に寄りたかったが、もうシャッターを下ろしていた。文具店の前で足をとめて、栞はその看板を見上げた。本当は、ここに足を運びたい理由は他にもあった。先週、ここへ来ていた高校生のことが、気になっていたからだった。

野球部のエナメルバッグを肩にかけたその男の子は、日に焼けた引き締まった顔をしていたが、表情には太陽の光を連想させるような快活さはなかった。右肘に痛々しい包帯を巻いていた彼は、龍臣に話を書いてほしいと、ノートとペンを差し出していた。

（あの子、龍臣さんに似てた……）

店に入ってきた彼を見たとき、栞はそう感じた。だからかもしれない。あの高校生が、どんな話を書いてほしいと頼んだのかはわからないが、それは龍臣にとっては難しく、苦しいことではないかと思った。ほかにも、陽太に頼まれた野球のコーチの件に、龍臣がどう返事をしたのかも気になっている。けれど、ここのところは忙しくて、朝も早く出勤しているので、なかなか龍臣と顔を合わせる機会がなかった。

それに――と栞は考える。足のこと、過去のことを口にするとき、龍臣は周りに立ち入られるのを拒《こば》むような目をする。

正直なところ、ただの店主と客という関係で、どこまで踏み込むことが自分に許されるのか、わからないのだった。

「藤原《ふじわら》さん」

そのとき、声をかけられた。ふり返ると、まだ営業していたカフェのドアから見知った人が出てきたので、栞は少し驚いた。

「陽太さん？」

「やっと帰ってきた。よかった、会えて」

龍臣の友人である陽太は、がっしりとした肩を居心地悪そうにすくめて、栞に小さく頭をさげた。

「ちょっと話があって、君が帰ってくるのを待ってたんだ」

「私にですか？　龍臣さんじゃなくて？」

声をあげた栞に、陽太はあわてたように人差し指を口にあてた。すでに閉店している水沢文具店の方をちらっと見て、抑えた声で告げる。

「少し時間もらえるかな。このカフェで話そう」

さえない表情をした陽太の様子が気になって、栞は彼のあとについて、なかに入った。

栞の注文したカフェラテが来たところで、陽太があらためて話しはじめた。

「実は、野球教室のコーチの件、龍臣に断られたんだよ」

栞は、マグカップを口に運ぼうとしていた手をとめた。陽太も新しくコーヒーを頼んでいたが、手をのばそうとはせず、黒い液面を見つめていた。

「断られたことは、仕方ないと思ってる。でも話を断ってきたとき、なんかあいつ、少し様子が変だったから気になって。落ち込んでいたっていうか、考え込んでいたというか……藤原さんなら、何か知ってるんじゃないかと思ったんだ。でも君の連絡先がわからないから、ここで帰ってくるのを待ってた。びっくりさせちゃったならごめん」

「いいえ、それは平気です」

栞は急いでかぶりを振り、つぶやいた。

「龍臣さん、コーチの話、断ったんですね……」

「もしかして、知らなかった？」

意外そうに言われて、栞は小さく頷いた。

「今はじめて知りました。最近はお店に寄っていないので、龍臣さんには会っていなくて……」

「そっかあ」

陽太に残念そうに肩を落とされ、栞はなんだか申し訳ない気持ちになった。けれど、普段から無口な龍臣が、プライベートなことを自分にいちいち報告してくるとも思えない。それなのに、龍臣の口からコーチを断ったという話を聞けなかったことに、少し気落ちしている自分がいた。陽太が、気難しげな顔つきになりながら言った。

「おれはさ、もしあいつが野球を嫌いになってて、もう見たくないって言うんなら、無理強いはしないつもりでいる。でも、あいつが本音ではまた野球にかかわりたいのに、うまく踏み出せずにいるなら、そこから引っ張り出してやりたいと思って、あんな提案をしたんだ。だけど、肝心のあいつの本心がわからないんだよな」

栞は、一緒に野球教室に行ったときの龍臣の表情や、そのとき彼が言っていた言葉を思い返した……そうして、自分が思うことを口にした。

「龍臣さんが野球を好きなことは、今でも変わらないと思いますよ。この前練習を見学に行ったとき、子供たちが試合をはじめたら、ずっと目が離せない様子で見ていましたから。それに投手の子が、自分の助言で巧く投げられるようになったときには、嬉しそうにしていたし」

　それでも陽太は、複雑な表情をしたままだった。コーヒーを一口飲んでから、また口をひらいた。

「高校を卒業してからの七年、おれは、龍臣がどうしているのかずっと気になってたんだ。でも、どんな言葉をかけてやればいいのかわからなくて、会いに行けなかった。あいつが野球をできなくなったあとも、おれはずっと続けていたから。おれには、元気を出せとか、頑張れとか、言える資格はないような気がして……だけど、この前やっと会いに行って、変わったあいつを見て、あらためて思ったんだ。やっぱり龍臣には野球が必要で、おれも、できるならまた一緒に野球がしたい。あの頃とはべつのかたちでも……それで思いきって、うちのチームのコーチを頼んだんだ。また〝一緒に野球やろう〟って、そう声をかけてやることは、おれにしかできないことのような気がしたから」

　それに、と声にややためらうものを含ませながら、陽太は続けた。

「龍臣、高校を卒業したあと、連絡先とか全部変えて、あの頃の仲間の前から姿を消したんだ。そういうのを見ているからかもしれないけど……野球を手放したあいつって、どこか、糸の切れた凧《たこ》みたいな感じがする。つなぎとめているものがないっていうか。また、ふっとどっかに行っちまいそうでこわい」

栞はどこか心もとない気持ちになりながら、言っていた。

「でも龍臣さんがコーチを断ったのは、もしかしたら他にやりたいことがあって、しっかり考えて決めたことなんじゃないですか」

「他にやりたいことって、店のこととか？」

あらためて訊かれたが、栞は、とっさに頷けなかった。

――おれは、この店を引き継ぎたくてそうしたわけじゃありません。この足では、他にやりたいこともなくて、ここに来たんです。

出会ったばかりの頃、龍臣がそう言っていたことが頭によみがえる。

「それならそれで、いいんだけどな」

陽太は息をついて、腕を組んだ。

「野球バカだったあいつが、他にやりたいことを見つけて、前向きに話を断ったなら、それでいいんだ。ただおれは、あいつが自分の人生を、自分で閉ざしているんじゃないかって気がして、それが心配なんだ」

陽太の言うことは、なんとなく栞にもわかった。あの店の前を通ると、硝子戸《ガラスど》ごしに、カウンターに座って誰かのためにノートに文字を綴《つづ》っている龍臣の姿を目にすることがよくあった。龍臣は、他人のためにあれだけの気持ちと労力を注いでいる。でもそのぶん、とうの自分に対しては何も望みをもっていないように見えた。

黙り込んだ栞の顔を、陽太はしばらく、うかがうように見ていた。それからスポーツ刈りの頭をかいて、ややさっぱりとした口調になって言った。

「あいつは、むかしとは全然変わった。文具店の店主をしていることとか、むかしを知っているおれには、想像もつかなかったことばかりだ。おれよりむしろ、藤原さんの方が今のあいつのことはわかってると思う。だから、注意して見ててやってくんない？」

栞は息をつめ、伏《ふ》せていた目をあげた。

「私ですか……？」

「あいつさ、今じゃあんな根暗なカンジだけど、高校の頃はかなりモテて、彼女をとっかえひっかえしてたくらいで」

「と、とっかえひっかえ？」

今からは想像困難な龍臣の過去に、栞は思わずまばたきを繰り返した。陽太はそんな栞の反応を面白がるようににやりとした。

「龍臣はいつも周りに頓着《とんちゃく》せず、前を見ていて、そういうあいつに憧れた女の子たちが、追いかけてついていく感じだったんだ。でも、この前君と一緒にいたときの龍臣は、何度も君の方をふり返っていたから……まあ、もう、むかしみたいにどんどん先に歩いていくことが、できないからかもしれないけど」

　最後の方はさびしげにつぶやき、陽太は力を抜いたように、椅子の背もたれに体をあずけた。

「おれは、久々に龍臣に会ったとき、あんなに暗くなっちまって、可哀相にって思ったんだ。なんとかむかしみたいに戻してやらなきゃって。でも、変わったことは、つらいことでも、そのすべてが必ずしも悪いことばかりじゃないのかもしれない……あいつ自身が、もしそんな風に考えているならいいと、おれは思うよ」


　陽太に会った日の二日後、栞の勤める小学校は、卒業式を迎えた。

　朝から目の回るような忙しさで、栞は自分のクラスの子供たちの様子に注意を配りながら、裏方の仕事もしなくてはならなかった。式の舞台設営やプログラムの進行では、他の先生方に指示を出してもらいながら動き、手順や保護者への配慮などではいくつか失敗もしてしまって、あらためて自分の未熟さを思い知らされた。

　その日は一日中、一方では子供たちに〝先生〟と呼ばれてなんでもできる大人の顔をしながら、他の先生方と一緒に働く場面では、あきれられたり叱られたりしていた。自分の立場が上から下へと、めまぐるしく変わり、いつも以上に緊張して疲れた。こういう行事があるたびに、たんに子供が好きというだけでは務まらないこの仕事の厳しさを痛感する。

どうにか卒業式をのりこえ、栞はようやく職員室に戻ってきて、自分の席に腰を下ろした。座ったとたんに力が抜け、思わず机に倒れ込んでしまったところで、声をかけられた。

「藤原さん」

栞はあわてて体を起こした。硬い口調から予想した通り、そばに立って見下ろしていたのは、学年主任の今川《いまかわ》だった。

「今日はお疲れ様。疲れているところ悪いけど、四月からの新しいクラス名簿、最終決定が出たから、目を通しておいてね。一応、他のクラスの子たちもなるべく把握しておいて。子供たちの変化にできるだけ早く気づけるように。あと、新学期に配布するプリントも、春休み中に作成するようにお願い」

「あ、はい、わかりました」

栞はつとめて明るい声で返した。こうして意識しないと、わかりやすい自分は、苦手な相手の前では表情が硬くなってしまう。半年くらい前に、今川に〝嫌だったら、やめたっていいのよ〟と言われて以来、栞は今でも、今川を前にするとどうしても萎縮《いしゅく》してしまう。

今川は、栞の顔をしばらく見つめた。それから、まるで教師が心配な生徒に向けるような複雑な色を目に浮かべて言った。

駅は、学校が春休みの期間ということもあって、親子連れや、私服の中高生たちの姿が多かった。みんな、親しく大事な人たちと、これからどこかへ出掛けるところなのだろうか。そんな人たちの間を足早に通り抜けて、栞が改札の前まで来たときだった。

雑踏のむこうに見慣れた人の姿を目にして、栞は足をとめた。左手に杖を持った若い男の人が、壁に身を預けるようにして立っている。栞は改札から引き返した。

駆け寄ってみると、それはやっぱり龍臣だった。見慣れない青いスポーツバッグを肩にかけている。うつむいているため前髪に隠れて表情は見えない。けれど、肩で息をして、苦しそうにしているのはわかった。龍臣が視線に気づいたように顔をあげたので、目があった。あった。龍臣はほんの少し目を見開き、つぶやくように言った。

「会うの、なんだか久しぶりですね」

いつも通りの落ち着いたその口ぶりに、栞は急に、泣きたいような怒りたいような衝動にかられた。そんなに紙みたいに真っ白な顔をして、どうしてこの人は平気なふりをしようとするのだろう。文句を言いたいような気持ちになったが、栞は龍臣のそばに行って、べつのことを口にした。

「どうしたんですか、どこか具合でも悪いんですか？」

「……足が」

言いかけて龍臣は顔をゆがめた。近づいてみると、顔や首筋に冷や汗をかいているのがわかった。

「足が痛いんですか？」

栞は龍臣の体を支えようと背中に手を回した。

「顔色がすごく悪いですよ……どうしよう、救急車を呼びますか？」

「いいえ、大丈夫です」

龍臣は栞の肩に遠慮がちに腕を回し、少し体重を預けて、大きく息をついた。

「あと少し歩けばうちに着きます。薬があるので、それを飲めば平気です。悪いけど、藤原さん、店まで肩をかしてもらってもいいですか。さすがに……もう一人で歩くのは無理そうで」

「わかりました。でも、それならタクシーで行きましょう」

駅から商店街まではたいした距離ではなかったが、龍臣に少しでも無理をさせたくなかった。栞は龍臣からスポーツバッグをはずさせて自分の肩にかけ、人通りの少ない場所に連れていき、壁へ寄りかからせた。

「タクシーに近くまで来てもらいますから、待っていてください」

栞はすぐにタクシー乗り場まで行き、運転手に事情を説明して、車をできるだけ龍臣のそばにつけてもらった。そして龍臣の体を支えながら移動し、タクシーに乗り込んだ。

体に触《ふ》れたときに気づいたが、龍臣は熱があるようだった。いつも顔色をほとんど変えることがない龍臣が、タクシーの車内では、ずっと左足の付け根を手で押さえて、痛みをこらえるように目を閉じていた。商店街の前でタクシーを降り、栞は龍臣の体を支えながら店まで来た。受け取った鍵で裏口を開けて、一緒になかに入る。

栞は、はじめて水沢文具店の母屋に足を踏み入れた。裏口はそのまま台所にあがれるつくりになっていた。流し台の横にガスコンロがあり、その向かいには木製のダイニングテーブルが置かれている。電子レンジと冷蔵庫だけは新しいもののように見えたが、それ以外の家具のほとんどが、ひとむかし前のレトロな趣《おもむき》のものばかりで、若い男の人が住む家というより、高齢の夫婦が生活していそうな雰囲気だった。水沢文具店は、もともと龍臣の祖父が店主をしていたということなので、その人から店を引き継いだあとも、家の内装を変えずに暮らしているのだとわかった。

台所の横には廊下があり、二階に通じているのだろう階段があったが、そこにはたくさんの本が積まれていて、ほとんど使われていないようだった。

代わりに、廊下の先に二間続きの部屋があり、そこが龍臣の自室になっているらしかった。奥の間にはベッドと大きな本棚、手前の部屋にはテレビと、昔ながらの木でできた文机が置かれている。その上にノートパソコンがあるくらいで、他にはほとんどものがなく、殺風景にすら感じられた。必要最低限のものしか置いていないところが、龍臣らしいような気もする。

栞は、龍臣をベッドに座らせると、コップに水を汲《く》んできて渡した。龍臣はベッドのわきにあった薬箱から薬を三種類取り出し、それを飲んで横になった。失礼かなとは思ったが、栞は室内を見回しながらたずねた。

「体温計はどこですか？　熱も測らないと」

「……いいですよ」

「よくないです」

「うち、口にくわえるタイプの古い体温計しかないんで嫌なんです」

しかめっ面をして、まるで子供みたいなことを言う。そんな店主にはかまわず、栞は薬箱のなかを探して、体温計を見つけた。有無を言わせず口にくわえさせて測ってみると、三十八度ちょっとあった。

「熱、高いですよ。やっぱり病院に行った方が」

「薬を飲んだから、そのうち効いてきますよ。それに熱の原因は少し無理しすぎたせいだと思うので、休めばたぶん下がります」

　栞よりも、むしろ龍臣の方がずっと冷静に見えた。栞はタオルのある場所を聞き、台所でしぼってきて手渡した。龍臣は眼鏡《めがね》をはずしてそれを額にあてた。足をのばしたことで少しは楽になったのか、顔色がだいぶよくなっている。それを見て栞はようやくほっとし、ずっと気になっていたことをたずねた。

「無理しすぎたって、どこへ行ってきたんですか」

　龍臣は少し間をあけてから、ぽつりと返した。

「ちょっと、甲子園球場まで」

「甲子園球場？　兵庫のですか？」

　栞は驚いて声を大きくした。

　ここからだと、電車をいくつも乗り継いで、新幹線にも乗って……おそらく片道四時間くらいはかかるはずだ。

「今は、春のセンバツをやっていて」

　龍臣は言いかけてから、野球に詳しくない栞のためにか、説明を加えた。

「甲子園っていうと、高校野球の夏の大会が有名ですけど、春にもセンバツ大会っていうのが行われているんです」

栞は、龍臣が寝ているベッドのそばに座った。

「春のセンバツ……そういえば、この前ニュースで特集していたのを見ました。たしか今年は、この近くの、墨田東高校が出場しているんですよね」

龍臣は小さく顎を引いた。

「おれは、その墨田東高校の試合を観に行ってきたんです」

「どうして急に？　お店が何日も閉まっているって、子供たちが心配していました。私も、連絡したくても取りようがなくて」

栞はつい声に責めるような響きを含ませてしまい、言ってしまってからあわてた。龍臣を責めるつもりはなかったのだが、龍臣にとって長距離を移動して歩くのは、体にかなり負担だったはずだ。それを誰にも言わずに強行して、こんな状態になって帰ってきたことに、どうしても黙っていられない気持ちになっていた。

龍臣は視線を天井にむけた。しばらくしてから、栞がたずねたのとはべつの話題を口にした。

「この前、右肘に怪我をした高校生がうちに来たのを憶えてますか？」

栞は頷《うなず》いた。そのことも気になっていたのだ。

「龍臣さんに、話を書いてほしいと言っていた子ですよね」

「あいつ、墨田東高校の野球部員なんです。瀬川洸介という、ピッチャーをしていたやつで、少し前まで、チームのエースだったと言っていました」

龍臣はそうしてゆっくりと、数日前、洸介と会って話したことを栞に伝えた。

ノートに話を書くため、いつもそうしているように、洸介にも話を聞いたこと。いつか投手としてプロになるのが夢だったという彼が、完治する可能性の低い怪我《けが》を負ってしまい、この春出場するはずだった甲子園でのセンバツ大会にも、出場できなくなってしまったこと。

「そのうえ医者からは、これから先、野球を本格的に続けていくことは難しいと言われたそうです」

栞は何も言えないまま、龍臣の話を聞いていた。龍臣は、さらに続けた。

「そいつが、おれに言うんです。一番好きだった野球を手放さなければいけなくなって、どうしたらいいのかわからない。これから、どんなふうに生きればいいのかわからないって」

あの高校生が店でノートとペンを選んで、龍臣のもとに持っていったときの表情を、栞は思い出していた。もうなにも希望を持っていないような、それなのにすがるような目をしていた。

龍臣が、かすかに自嘲するような笑みを浮かべた。

「おれは、あいつから話を頼まれたとき、冗談だろって思いました。どういうめぐりあわせか知りませんが……まるで過去の自分が、ここに現れたみたいだと感じました」

栞は、なんと言っていいのかわからずに黙っていた。二人の間に沈黙が落ちた。

もちろんあの高校生は、龍臣の過去を知らずに店を訪れたのだろう。そうだとしても、彼が龍臣の店に来たことが、そして話をオーダーしていったことが、皮肉なことのように感じずにはいられなかった。

栞は、ささやくような小声でたずねた。

「コーチの話を断ったのは、そのことが原因だったんですか？」

龍臣が顔をこちらにむけた。頭を動かしたはずみに額にのせていたタオルが落ちる。眼鏡をかけていない龍臣の目を、栞は見返した。

「陽太さんから聞きました。龍臣さんのこと、すごく心配していましたよ」

「あいつ、なんでもあなたに話しますね」

龍臣がやや面食らったように言った。それから急に思い至ったように、「すみません」と謝った。

「藤原さんには色々迷惑をかけているし、断ったこと、おれから話すべきでしたね。でも、コーチの話を断ったのは、あの高校生が来たこととは関係ないです。ちゃんと考えて決めました」

「それなら、どうして急にいなくなったんですか？　こんなに無理をしてまで試合を観に行って……」

尻すぼみになりながらも栞は疑問を口にした。ちゃんと踏み込んで、理解したかった。

龍臣が答えるまでには少し間があった。

「あの高校生から預かったノートに、何も書けなかったんです。自分の過去そのままのようなやつに、なんて言ってやればいいのかわからなくて。あいつを知ることは、自分がなくしたものを再確認するようなものだってわかっていたから、やっぱりきつくて」

熱のせいもあるのか、龍臣はいつもよりも饒舌だった。けれどそれは、誰かに聞いてほしい気持ちのあらわれかもしれないと思い、栞はじっと聞いていた。

「でも……店の方を続けると決めたからには、嫌なことだけやらないわけにはいかないんで。もういい加減、けりをつけようと思って」

声はかすれて、口調は少しずつゆっくりとしたものになっていく。

「だからあいつのいる高校が、甲子園で戦うところを観に行ったんです。もう二度と行けないと思っていた場所に、この足で……行って帰ってくるだけでやっとでしたけど。墨田東高校は、一回戦は勝ちましたが、二回戦で負けました。それをあいつはずっと、ベンチにすら入れずにスタンドから見ていた。可哀相だとは思わなかった。つらかった。おれ自身のことのように思えて……そう感じた時点で、おれはまだ、あの頃から進めていなかったんだって実感しました」

龍臣は、そのまま目を閉じた。吐息とともに、小さな声でつぶやく。

「おれはあいつに、なんて言葉をかけてやればいいいんだろう……」

龍臣はそのまま眠ってしまった。栞は、落ちたタオルを拾って、そっと龍臣の額に戻した。そしてそのかたわらに、長い間座っていた。

誰にとっても、ままならない現実に向き合わなければならないときはあって、龍臣にとっては今がそのときなのかもしれないと、栞は寝る横顔を見つめて考えた。

＊

目を覚ますと、部屋のなかは暗かった。ずいぶん眠っていたようで、いつの間にか夜になっている。

上体を起こすと、左足の付け根に重い痛みが走った。龍臣は顔をしかめ、痛みが通り過ぎるのを待ってから、息を吐いた。家のなかを見回してみたが、誰かがいる気配はもうなかった。

「帰ったのか……」

寝癖がついた髪に手をやりながら、龍臣はしばらくぼんやりしていた。そうしているうちに、いつも店の小上がりに置いてあるはずのちゃぶ台が、なぜかベッドのわきに移動しているのに気がついた。その上には、スポーツドリンクと、小ぶりの鍋と匙《さじ》が置いてある。鍋のふたを開けてみると、暗くてよく見えないものの、匂いから粥《かゆ》が入っているとわかった。

粥はすっかり冷たくなっていたが、龍臣は構わず匙ですくってひとくち食べた。控えめな味付けで、たまごとご飯のほのかな甘さが舌に広がった。料理の味というのは、その人の性格が出るのかもしれないと、そのときはじめて思った。

熱はまだあるような気がしたが、粥を全部食べ終わると、龍臣は息をつめてベッドから這い出した。痛む足を引きずって、母屋から店へと移動する。電気をつけ、いつものカウンターの椅子に座り、引き出しからノートとペンを取り出した。

白い表紙に黒の背クロスがついたノートと、飾り気のない銀一色のシャープペンシル。あの高校生が預けていったもの。

龍臣は、視線をあげて、もうすっかり見慣れている店内を見渡した。

祖父から引き継いだこの店。ここの店主をしている自分は、むかしの自分が一番望んでいたのとは、まったくべつの道を歩いている。

けれど、それはたぶん、この店も同じことだった。この店も、祖父がきり盛りしていた頃には、きっと予想しなかった方向へと歩みを進めている。

自分が店主になってから、子供たちが毎日来るようになったので品ぞろえを変えた。青さんの助言で、硝子戸に少し変わった張り紙を貼った。それを見て、ときどき話を書いてくる人がいる。

一方的に渡されたものだけでなく、自分で選んではじめたものも、たしかにある。

龍臣は、ノートの白いページを開いた。

これから、ここに何を書いていこうか。

書かないわけにはいかないのだ。

＊

春休みも、入学式やクラス替えのこと、自分の試験勉強で、結局あわただしく過ぎてしまった。そして今日、四月三日に、栞の勤める小学校では入学式が行われた。

入学式の最後に、学年ごとに新しいクラスの担任発表があった。それぞれのクラスを受け持つ教員の名前が告げられて、教員たちが壇上にあがり、保護者と生徒たちの前で一言ずつ挨拶をする。

三年二組の担任として、栞の名前が呼ばれたとき、保護者席の一部で低いざわめきが起こった。それはちくりと栞の胸に刺さり、三年の学年主任になった今川の視線に、さらに身がすくんだ。いつもだったら、周りを恐れながらうつむいてしまう栞だが、今は意識して顔をあげていた。挨拶をするためにマイクの前に進み出ると、内心とは裏腹に勇気をふりしぼって、ほほえんだ。今日は、絶対に下を向かないと決めていた。

「今年度、三年二組の担任となりました藤原栞です。これから、たくさんのことを学んで、もし困ったことやつらいことがあっても先生と一緒にのり越えて、大切だと思えるような、そんな一年にしていきましょう。よろしくお願いします」

入学式を終えて、子供たちを下校させたあとは、役員の決定や年間行事の説明を行う保護者会があった。保護者に教室で役員を決めてもらっている間、栞は、配布するプリントを職員室へ取りに行き、教室に戻ってきた。教室の扉を開けようとしたところで、話し声が聞こえてきて、栞は動きをとめた。

「すごく頼りない先生だって聞いていたけど、思ったよりしっかりしているように見えました。挨拶もちゃんとしていたし」

「でも、あの先生、教員採用試験にはまだ通っていないらしいです。それに去年担当していたクラスは、子供たちを落ち着かせることができなくて、授業がなかなか進まなかったとか」

「三、四年生って、ただでさえ言うことをきかなくなってきて、教育が難しい学年だって聞くから、そんな先生で大丈夫か心配ですね」

「担任の先生も、選べたら一番いいんですけどね……」

栞は身を硬くしたままそんな会話を聞いていた。無意識に自分のつま先を見つめていたことに気づいて、そっと息をつき、視線をあげる。

頑張って、道にしていくしかない。選んだものを、あとでふり返ったときに、正しかったと笑って言えるように。

「先生」

ふいにスカートの裾《すそ》を引かれた。赤いランドセルを背負った女子生徒が、いつの間にかそばに立っていた。去年から、引き続き栞が担任をするクラスになった三橋由紀《みはしゆき》だった。

栞は、由紀の前にかがんだ。

「三橋さん、どうしたの？　もう下校の時間だから早く帰らないと」

「うん、お母さんにおうちの鍵をもらうの忘れちゃったから、今もらってきたの」

由紀はそう言うと、栞を見上げながら、屈託のない笑顔になった。由紀ははにかみながら栞に言った。

「先生、今年も由紀の担任の先生だね。よろしくね」

栞も、彼女に笑顔をむけた。

「うん、よろしくね」


夕方、保護者会をすませてから小学校をあとにした栞は、携帯に、知らないアドレスからメールが来ていることに気づいた。

〝あの高校生に渡す話が書けました。昨日、本人が取りに来たので渡しました〟

件名には〝水沢龍臣〟と記されている。アドレスの末尾から、パソコンではなく、携帯から送信されてきたものだとわかった。

〝この前、連絡が取れなかったと言っていたので、一応〟

そう前置きした横に、携帯の番号も記されていた。

個人の携帯から送られてきたものでも、龍臣のメールは業務連絡のように絵文字もなく、簡潔だった。メールの文面でも必要最低限のことしか打ってこないこの愛想のなさに、今日一日張りつめていたものが、なぜだかふっとゆるんだ。

今日は、お店に寄って帰ろうと思った。


龍臣は、熱を出した翌日から店を再開させていた。栞が心配して様子を見に来たときも、店主は何事もなかったかのような顔でカウンターの席に座っていた。「さすがに昨日の今日で無理をしすぎです」と怒ってみたものの、龍臣は通常運転だった。つまり、にこりともせずに栞に返した。

「熱も下がったし、足の痛みもましになったので、店番くらいなら平気です」

この人の平気はあてにならないような気がして、栞は注意して様子を見ていた。とはいえ春休み中も忙しくて、店の前を通るときに、顔を出していた程度だったけれど。

入学式のあとで店に立ち寄った栞は、両手いっぱいに選んだ文房具を抱えてレジへ持っていった。これにはさすがの龍臣も呆気《あっけ》にとられた顔をした。北欧調の花柄のノートに赤ペンに付箋《ふせん》、おしゃれなアルファベットのスタンプセットに、月と星と太陽のシンボルがシックで格好いいレターセット、観覧車がガラスの球体のなかに閉じこめられているかわいらしいペーパーウェイト。龍臣は、念のためたしかめるように栞に訊いてきた。

「おれが言うのもなんですけど、こんなに買うんですか？」

「自分が気に入っているものを仕事で使うと、モチベーションが上がるんです。明日から新学期ですから」

ひそかに気合いを込めて、栞は龍臣にそう答えた。それで納得したのかは怪しいところだったが、龍臣は眼鏡の奥から、じっと栞を見たすえに、「そうですね」と頷いて、商品をレジに通しはじめた。

龍臣が栞の買ったものを袋に入れていくのを見つめながら、栞は話しかけた。

「お話、書けたんですね」

龍臣は、めずらしく迷いを含んだ言い方をした。

「あいつがあれを、どんな風に受け取るかはわかりませんけど」

買い物をすませて、子供たちと会話をし、栞がそろそろ帰ろうとしていたときだった。戸口から、高校生くらいの男の子が店内に入ってきた。

制服を着ておらず、ジーンズとパーカーという恰好だったけれど、右腕の包帯が目を引いて、瀬川洸介だと、栞はすぐにわかった。短い髪も、日に焼けて引き締まった顔も、ひたむきそうな目も、写真で見たむかしの龍臣とやっぱり印象が重なる。

洸介は、栞の前を通り過ぎて、龍臣の方へ歩み寄っていった。手に持っていたなんの飾り気もない白い表紙のノートを見せるようにして、龍臣に言う。

「これ、読みました」

龍臣は、静かに口をひらいた。

「そうか。どうだった?」

「よく、わかりませんでした」

「そうだろうな。おれもだ」

龍臣は、何か張りつめていたものをゆるめたように、かすかな苦笑を浮かべた。洸介はにこりともしなかった。けれど、不服そうという感じでもなかった。洸介が龍臣にむけるまなざしには、何かをたずねたがっているような様子があった。口を開きかけたが、思いとどまったように閉じ、洸介はそれを龍臣の前に差し出した。

「このノート、返します」

龍臣に驚いた様子はなかった。ただ受け入れるように、ノートを手に取った。

「……それなら、代金を返す」

「いりません。その代わり、何も書いていないノートをください」

龍臣は、洸介の目を見返した。洸介はそのあとは何もしゃべらず、少し時間をかけて、ページ数の多そうなものを一冊選び、それを持って帰っていった。背を向けて店から出ていく洸介を見送ったあとも、龍臣は商店街の通りをしばらく見つめていた。栞はその横顔を見ていたため、龍臣がこちらを向いたときに目があった。

「大丈夫です。そんな顔をしなくても」

自分は一体どんな顔をしているのだろうと栞は思った。ただ、龍臣が懸命に考えて書いたであろう話を受け取らずに、返しにきた人をはじめて見た。その意図がわからず、この人が傷ついたのではないかと心配だった。

龍臣が、栞の前に白い表紙のノートを差し出した。

「これ、あなたも読みますか？」

「え……でも、私が読むのは」

洸介の許可もなく自分が読んではいけない気がして、栞は断ろうとした。けれど、龍臣はさらに言った。

「これを読むのに、たぶんあいつの許可はいりません。許可を出すとしたらおれだと思います」

龍臣の言う意味はよくわからなかったが、栞は少し迷ったすえに、受け取った。洸介がなぜこのノートを龍臣に返しに来たのか、その意味を理解したかった。

その日の夜、うちに帰ってから、栞は渡された白いノートを開いた。そこには、相変わらず丁寧で緻密《ちみつ》な文字が綴《つづ》られていた。

それは、小さな頃から野球が大好きだった男の子の物語だった。将来は甲子園に出場して、プロになることを夢見ていた。栞は、自分や間宮清一《まみやせいいち》のときのように、龍臣は洸介にも、彼自身のことを小説のようにして書いたのだと思った。けれど、読み進めていくうちに、〝文具店の店主をしているおじいさん〟という人が出てきたところで、違和感をおぼえた。その文具店の店主は、男の子の祖父だと書いてある。つまり、この話の主人公は。

（龍臣さん自身のことだ……）

栞は、さらにページを指先でめくった。どうして洸介にむけた物語に、龍臣は、自分の話を書いたのだろうと、不思議に思いながら。

綴られた物語のなかで、龍臣はやがて高校生になった。野球部に入って、あきれるくらい楽しそうに毎日野球に熱中していた。どれだけ野球が好きだったか、どれだけ未来に夢を馳《は》せていたか。記された文面を読んでいくと、まるで彼の気持ちが流れ込んでくるよう

を引いたのは、憂鬱《ゆううつ》そうにうつむいている青年や、腹立たしげに唇を噛《か》んでいる老人、泣きながら歩く子供。そういう人たちの姿だった。彼らには何があったのだろう。このあと、あの人たちはどうなるのだろう？

いつからか、うまくいかない現実を補正するように、希望を探すように、売り物のノートに物語を書きはじめた。誰かを笑顔にしたかったとか、そんな崇高な考えじゃない。自分自身が救われたくて、浮かない顔をした人に幸福が訪れる物語を、そこに綴った。

そうして、希望する人がいれば、話をノートに書いて渡すようになった。それを受け取った人の多くは、満足そうに笑ってくれた。

けれど、自分はいまだに過去を清算できないまま。苦しくて眠れない夜もある。それでも祖父から受け継いだ店をきり盛りして、こうしてノートに話を書きながら、今を生きている。

〝お前は、こんなおれの今をどう思う？〟

龍臣が、問いかけるように洸介に、この物語を渡したことがわかった。まるで洸介の未来になり得るかもしれない、龍臣の人生。

あの子はどう思っただろう、と栞はぼんやり考えた。あのときの洸介の表情や、まなざし、そして、彼が最後にあの店で選んでいったもの。

目を閉じて考えていた栞は、ふいに思った。龍臣は、誰かのためにノートに言葉を綴っている。それなら龍臣自身は、誰かから彼のこれからを祈る言葉を、もらったことはあるのだろうか？

栞はたくさん考えた。けれど、自分には、龍臣のように人の心に響く物語を書くことはできそうになかった。かなり時間をかけて悩んだ末に、結局シンプルな一文にいきついた。これしか、言葉が見つからない。

重たい足を引きずりながら、悩んで、迷いつつも誰かに頼ることをせず、静かに懸命に、人生を歩いていく人。龍臣のこれまでの日々を知って、一番強く感じたことを、栞は、龍臣が書いた文章の続きに、そっと記した。気づかれなければ、それでもいいと思いながら。

＊

商店街のレンガ敷きの道を歩いていると、いつもの場所に、水たまりを見つけた。今日は日曜なので、忙しく行き過ぎる必要もなく、栞は足をとめてその水たまりを覗《のぞ》き込んでみた。澄んだ空を映したそれは、どこかから飛んできたのだろう、桜の花びらを一枚浮かべている。

「何してるんですか？　そんなところで」

いきなり龍臣の声がしたので心臓が跳《は》ねた。水たまりの前にしゃがんで覗き込んでいるなんて、傍《はた》から見たらきっとおかしい。間の悪い思いで栞は立ち上がった。

「すみません。この前借りたノートを返しに来たんですけど……ええと、どこかに出掛けるところでした？」

「ああ、ちょうどよかった」

龍臣は、上着に袖《そで》を通しながら店から出てきて、栞に言った。

「少しの間、店番してもらってもいいですか。さっきまでここに寿也たちがいたんですけど、寿也のやつ、小上がりで宿題やって、そのまま算数のドリルを忘れて帰ったんですよ。明日提出の宿題だって言っていたので、ちょっと届けてきます」

「あ、はい。わかりました」

栞はとっさに頷いた。

「じゃあ、鍵」

龍臣は、ためらうそぶりもなく栞にレジの鍵を手渡すと、さっそく店を出ていってしまった。栞は、足を引きずりながらゆっくりと遠ざかっていく龍臣の姿を見送った。実は一瞬、龍臣の足のことを思って、自分が代わりに行くと申し出ようとしたのだけれど、龍臣は眉をひそめるだけのような気がして言わなかった。あの人は、自分でできる範囲のことを、誰かに頼りたいとは思わないだろう。

栞はカウンターに歩み寄り、遠慮がちに龍臣のいつもの席に座った。春になってからは、この店の硝子戸はよく開いたままになっている。その戸口から、春の匂いを含んだやわらかな風が入ってきた。

栞は、返そうと持ってきたノートをカウンターに置いて、あらためて店のなかを見回した。ふと、ここから見える景色が好きだなと感じた。壁沿いの棚に並んだ、色とりどりのノートがひと目で見渡せる。鉛筆、消しゴム、スタンプ、定規、画用紙やたくさんの種類のペン。この店にあるものはみんな、派手さや華やかさはないけれど、どこか誠実そうで、店主の人柄が、さりげなく隠されているようだった。栞はそのことをおもしろく思いながら、商品を見回していた。そうしているうちに、いつの間にか――目を閉じていた。


目を覚ましたときに、まず視界に入ったのは、棚の商品にはたきをかけている店主の後ろ姿だった。栞がしばらくぼんやりしていると、龍臣がふり返った。あからさまにあきれた声で言われた。

「店番になってないじゃないですか」

「……ご、ごめんなさい」

我に返った栞は、顔が熱くなるのを感じた。そして、自分がレジの鍵を握りしめたまま眠っていたことに気づいてあわてた。

「どうしよう、私、鍵……お客さんのお会計、どうしました？」

栞はしどろもどろに言いながら、龍臣のそばへ行って鍵を差し出した。龍臣は銀色の鍵を受け取った。

「やっぱり、手に握って寝てたんですね。客が来てもレジが開かなかったら困るので、起こそうか迷ったんですけど、あんまり気持ちよさそうに寝ているから、客が来るまではいいかと思ってそのままにしていたんです」

栞はうなだれ、恥ずかしさのあまり両手で顔を覆った。

「新学期が始まってから、またいろいろと忙しくて。最近寝不足だったから、つい」

龍臣は言い訳をする栞のことを、腰に手をあて、少しだけ頭を傾《かし》げるようにして見下ろしていた。それから、はたきをカウンターの上に置いて言った。

「早く帰ってちゃんと寝た方がいいですよ。まだ寝ぼけた顔をしているし」

「寝ぼけた顔……」

栞はますます顔をあげられなくなった。

「送ります。もう暗いし。ちょうど公園のそばの弁当屋に、夕飯を買いに行こうと思ってたんで」

龍臣は上着とショルダーバッグを身につけると、硝子戸に歩み寄り、待つように栞をふり返った。栞は、龍臣と一緒に店を出た。


二人は商店街の通りを抜け、栞のアパートのそばにある公園まで並んで歩いた。ほとんど会話はなかったが、これはいつものことで、もう気にならなくなっていた。龍臣は弁当屋に行くということだったので、公園の入り口でわかれようとした。

そのとき、急に少し強い風が吹いて、公園の薄闇のなかに、白いものが舞い上がった。

二人は足をとめて目をむけた。

それは公園にある桜の花だった。地面に散っていた桜の花びらが、風で一斉に舞い上がったのだ。桜の木自体はもう盛りを過ぎて、花見客のひとりもいなかったが、そのぶん落ちている花びらは多く、風が吹き抜けると、ふわっとあたりに広がった。桜の木のそばには街灯があり、照らされた花びらたちが反射して白く見え、まるでそこだけ雪が降っているかのようだった。

「すごい、きれいですね」

栞は感嘆して言った。二人は公園の入り口に立ったまま、夜のなか、ひっそりと華やかに舞う桜の花をしばらく見ていた。

「そういえば、これ」

急に龍臣が、肩にかけていたショルダーバッグから白いノートを取り出した。それは栞が返そうとしていたものだった。いつの間にか龍臣が持っていて、しかも、彼はなぜかそれをまた、栞にむけて差し出してきた。

栞は頭が真っ白になりながら、思わず受け取っていた。うろたえつつ、やっと声を出した。

「あの、これ、見ましたか？」

「見ました」

相変わらず無愛想に言ってくる。

龍臣は、しばらく音もなく風に舞う桜を黙って見つめていた。それから、ひとり言のようにつぶやいた。

「あいつは、これを受け取らずに返してきた。おれがここに書いた話を読んで、どう思ったんでしょうね」

栞は内心ではまだ少し動揺していたものの、すぐに龍臣に言った。

「でも、あの子は新しいノートを選んでいきました」

ここに綴られているものを読んで、彼がなぜそうしたのか、栞にはわかったような気がした。確信をこめて栞は告げた。

「洸介くんは、このノートを返しに来ただけじゃなくて、新しいものを持って帰っていきました。洸介くんがわざわざそうしたのは、龍臣さんと同じように、でもちがう何かを、そこに書こうと思ったからじゃないですか？」

龍臣は、まるで栞の言葉を胸の内にしみ込ませるように、しばらく黙っていた。それから、力を抜いたようにほほえんだ。龍臣は夜空を見上げた。

「あいつも、いつか、何か書けばいいと思うんです。おれとは全然ちがう未来でも、選択でも。書けるぐらいになれればいいと思うんです」

龍臣は、桜の方へ歩み出そうとし、ふととなりに立つ栞に視線を向けた。栞に、右手を差し出してくる。

「おれ、歩くの遅いですけど」

栞は束の間息をつめて、龍臣の顔を見上げた。

「いいです。一緒に、ゆっくり歩きたいです」

龍臣は眼鏡のむこうの目を少しだけ瞠《みは》ると、顔をそらして、栞の手を握って歩きはじめた。

ぎこちなく左足を引きずり、ゆっくりと栞の手を引いて歩きながら、龍臣は話をしてくれた。

むかし、ある人のために、龍臣がはじめて話をノートに綴ったこと。そこに、自分のおじいさんが言った台詞として、ある言葉を書いたこと。

「じいちゃんの言ったこととして、あんな風に書いたおれは、自分の信じたいものを、はじめからちゃんとわかっていたんだと思います。それが見えるようになるまでに、時間はかかったけど。おれは、あの店で自分のできることをしようと思います。今のおれがやりたいことは、それだから」

いつものように淡々と語りながら、龍臣は、桜の木の下で足をとめた。栞は気になり、龍臣にたずねた。

「おじいさんの言ったこととして、どんな言葉を書いたんですか？」

龍臣は、口にするのは恥ずかしいのか、ほんの少し眉根を寄せた。まるで唱えるように、小声でぼそりと言う。

〝失ったものの代わりになるものはなくとも、まったく新しく見つかるものは、先にも絶えずあるんだよ〟

それから、そっと続けた。

「この右手で、いつもボールを投げていたんです。野球ができなくなったとき、おれは身を切るような思いでそれを手放しました。でも今は、あの頃には全然思い描けなかったものを、いくつも、いつの間にか握っていて」

またやわらかな風が吹いた。龍臣は、舞い上がる花びらの行方を追うように視線をあげ、つぶやいた。

「生きていくと、本当に、こういうこともあるんですね」


うちに帰ってから、栞は再び白いノートを開いた。すると、昨日自分が書いた文の横に、龍臣の記した文字が新たに加えられていることに気づいた。

帰り際、桜の花びらが舞うなかで、いつも無愛想な水沢文具店の店主が、少しさみしげな、けれど、これ以上ないほどやさしい笑みを浮かべていたことを思い出し、栞もそっとほほえんだ。

この世界は願う通りにはいかない苦さをはらんでいる。だからこそ人は、そのなかで信じたいものを選んで進んでいくのだろう。いつだって誠実に、目の前の道に向き合いながら。立ち止まったその場所でひとつひとつの答えをひろいあげて。

龍臣の今日までの日々を綴ったノートの末尾には、二人の短い文が交互に記されていた。
まだこの先は真っ白で、これから続いていく日々があり、これはそのはじまりの一文にすぎないのだろう。

あなたが好きです。

おれも、あなたが好きです。

あとがき

「水沢文具店」は、もともと同じポプラ社から刊行されている「明日町こんぺいとう商店街2」に、本書の一話だけ読み切りとして収録されていたものでした。続きを書こうとは思っていなかったのですが、前作を出版してから一年半くらいの間、書こうとしたものが書けず、かなり悩んだ時期があり、そのときに、お手紙をいただきました。そこには住所や名前はなかったのですが、シンプルだけれど丁寧な文面で「水沢文具店の続編が読みたいです」と綴られていて、それを読んだとき、今悩んでいることをひとまず休止して、別のものを書いてみようか、と思いました。

いざ書こうと思い立つと、読み切りだったはずの一話に続くお話がするすると思い浮かんできて、そうしてこの様に新刊として刊行することができました。あのお手紙を下さった方には、とても感謝しております。ありがとうございました。もしこの本を手にとってくださっていたら嬉しいです。

私は小説の構想を練るとき、浮かんだものをとにかくノートに書いています。そのため文具店を見かけると立ち寄って、気に入る表紙やサイズのものをよく買っていました。そのときふと、ノートに何か書いて渡してくれる文具店があったら、と想像したのが、この物語の着想です。

　読み切りで短編を書くお話をいただき、文具店を題材にして書こうと思ったものの、どういったストーリーにしようか考えていたとき、仲のよい友人に、「どんな話が読みたい？」とたずねてみました。今でもよく覚えているのですが、彼女は少し考えてから、「頑張っている人が報われる話が読みたい」と答えたのでした。

　当時、私も友人も社会人になって数年目で、なかなかうまくいかない仕事の難しさを痛感していた時期でした。生きていくうえでの〝ままならないもの〟を、社会に出て働くことで、はじめて身に染みてわかったのだと思います。

　その〝ままならなさ〟を書いてみたいと思ったことが、このお話の根幹になりました。書き上げてみて、苦笑するしかなかったのですが、友人が希望したような、登場人物が明確に〝報われる話〟にはなっていません。あれこれと思ったものの、自分では不思議と気に入り、納得できたお話になりました。

　一話の読み切りだけ書きあげた時点では、どうして自分がこういう話を書いたのか、摑みきれていませんでした。けれどこうして続きを書いてみて、それがなんとなくわかった気がしました。本書に収録されている五話、そこに登場する人たちは、どの人もみんなすっきりと報われてはいません。それはおそらく、生きていくうえで感じるほろ苦さは、なかなか明確に〝報われた〟と思えないところにあるのかもしれないと……。たとえ状況の好転によって、そのときそう思えたとしても、それはまた周りの変化によって揺らいでしまうこともある。だからこそ、状況の変化で受動的に報われるより、目の前の問題にそれぞれが答えを見つけて、能動的に進むことで、もっとたしかなかたちでこれから報われるだろう人たちのストーリーを書きたかったのだと思います。

最後に、取材させていただいた三鷹《みたか》市の山田《やまだ》文具店様、貴重なお話を聞かせていただき、ありがとうございました。本書を書くにあたって、いくつかの文具店に足を運び、ノートの他にも、魅力的な文房具をたくさん目にしました。そういった品々が、どのように店頭に並ぶのか知ることができ、とても参考になりました。

そして、あたたかなイラストを描いてくださったpon-marshさん、デザインをしてくださったbookwallさんをはじめ、この本に携わってくださったすべての方々、なにより、最後まで読んでくださった読者の方々に、心からの感謝を。

二〇十七年　一月七日　安澄加奈

〈初出〉第一話「十二色のチョーク」……「asta*」二〇一四年二月号
（「水沢文具店」から改題・ポプラ社）
ほか四話……書きおろし

水沢文具店《みずさわぶんぐてん》
あなただけの物語《ものがたり》つづります
安澄加奈《あずみかな》

2017年3月5日初版発行
2019年2月28日第3刷

発行者…………長谷川 均
発行所…………株式会社ポプラ社
〒102-8519 東京都新千代田区麹町4-2-6
電話…………03-5877-8109(営業)
03-5877-8112(編集)
フォーマットデザイン 荻窪裕司(bee's knees)
印刷・製本 凸版印刷株式会社

乱丁・落丁本はお取り替えいたします。
小社宛にご連絡ください。
電話番号 0120-666-553
受付時間は、月~金曜日、9時~17時です(祝日・休日は除く)。

ポプラ文庫ピュアフル

ホームページ www.poplar.co.jp

N.D.C.913/255p/15cm
ISBN978-4-591-15413-7
P8111228